CAO TANG

有温度有质感的大唐风骨
有颜面有尊严的当代诗歌

出版发行 四川文艺出版社（成都市槐树街 2 号）
网　　址 www.scwys.com
电　　话 028-86259287（发行部）028-86259303（编辑部）
传　　真 028-86259306
邮购地址 成都市槐树街 2 号四川文艺出版社邮购部　610031
印　　刷 成都市新都华兴印务有限公司
成品尺寸 185mm×260mm　　开　　本 16 开
印　　张 6.5　　字　　数 160 千
版　　次 2021 年 06 月第一版　印　　次 2021 年 06 月第一次印刷
书　　号 ISBN 978-7-5411-6038-7
定　　价 15.00 元

投稿 / 联系邮箱：ctsk2016@126.com
电话：028-61352760/86640163
地址：成都市锦江区书院西街 1 号亚太大厦 7 楼草堂诗刊社

图书在版编目（C I P）数据

草堂. 第58卷 / 梁平主编. -- 成都：四川文艺出版社, 2021.6
ISBN 978-7-5411-6038-7

Ⅰ. ①草… Ⅱ. ①梁… Ⅲ. ①诗集－中国－当代
Ⅳ. ①I227

中国版本图书馆CIP数据核字(2021)第097052号

Contents

目 录

2021-06（总第 58 卷）

封面诗人

Featured poet

绝壁之间（组诗）

◎路 也

[徒 步]

沿盘山公路，从黄巢水库一直走到榆科村
又继续走到了龙王崖
在瀑布旁，吃了馒头和榨菜
接着奔向清水圈

地球对双脚的祝福，是走完这个秋天
众天使合唱
藏身于正午的明亮

山峦和谷地进入中年
雏菊发出变得微弱的脉冲信号

重量是岩石自身的训诫
风在耳边重复曾经说过的话

天空给远方送去一封信，快递员是一朵云
山野之人有昂头挺胸的自由
只要大地肯容下我
我就会带着独自徒步的力量往下活

[到崮上去]

在圆形山坡的巅顶，耸立着一个崮
它的周围绝壁直削，最上面则平顶如巨大方桌
远看，崮仿佛儒生的头颅，长在稳重的北方体型上
除了天空，谁也无法把它拧断

崮高出人世，一直在跟天空说话
崮一直在跟时间和虚无说话
崮接收答案，但从不转发

听说，崮顶曾有古庙，现只剩刻了字的石墙根
在那里建庙，当然为了离神灵更近
去过崮上的人，无论信奉什么
都仰望同一片天空，听从云的教导

上面有一大片草甸，散落野草花：
多花筋骨草、矮紫苞鸢尾、大丁草、委陵菜、毛茛
绣线菊、车轴草、金银木、铁线莲、斑种草、白头翁
跟天上繁星打招呼：嗨，咱们都是星星点灯

崮上有一个养蜂场，振动着空气
在这个苦难的世上，还有携带着蜜飞来飞去的生灵
在遥远的崮上，更酿出清虚的味道

到崮上去，窄小歪扭的古道
正引我插入石灰岩峭壁
斜斜地上升，我努力，崮也努力，天空也努力
一直上升，到崮上去，到那与天空平行的崮上去

[野 炊]

我一个人在堤坝上野炊
把一餐饭吃得层峦叠嶂，天高水远

在水库大坝的背风处，把饭菜蒸煮
含活性炭和生石灰的发热包浸了水
嗞嗞热气像一场狂欢

与该分手的人分了手，了结债务
如同这个卸掉重负的秋末冬初
我把每天都过成了节日
香米、红烧肉加蘑菇

一部分生活坍塌，必有另一部分建起
幸福就是独自待在寂静的山里

坐在水边，我开始吃午饭
不远处，一片尚未完全凋零的白杨林
用金色倒影将那被天空映蓝的水面
又调染成了微绿

[旋柿饼者]

在屋顶上，旋柿饼的老者坐于马扎
在晌午的阳光里
用石块、木头和尖刀自制的“车床”
把柿皮儿旋去，任红色长条在空中飞舞

古老的手艺，在穷乡僻壤
依然放射着光芒

这位老者，太像我的外祖父——
儿时我跟在他身后，把旋好并捏扁的柿饼
摆到石桌和石屋檐之上，或晾至山坡大青石
先祈求太阳和风来帮忙，再祈求天气转凉

屋顶上的旋柿饼者，身材魁梧的山东老人
仿佛我的外祖父复活
群山在背后，他古风依旧
苍天在上，皱纹和伤疤都被晒成了慈祥

再过五天，就是霜降了
降温之后，柿中糖分结晶沁出，在表面蒙一层白霜
那凉凉的甜蜜，是神使人在受苦的地方昌盛

[自留地]

剪韭菜，掐红薯叶子
在你屋后的自留地，我们俩弯着腰
今晨飘过一场微雨，土地松软
柏树林在身后上方闪闪发亮

你用双手拨开浅层土壤，察看红薯的长势
展示济薯和烟薯的区别
通过那膨大的植物块根
来触摸地球脉搏

多年来你像一只喜鹊，叽叽喳喳，把喜悦挥霍
而今大病初愈，握剪刀之艰难，仿佛剪刀在握你
我在文字的石头瓦块里穿行
也乘坐在中年的过山车上

棒头草和风车草茂长，几乎盖过种植
枯黄正把碧绿拷供，蛐蛐鸣叫里有无依
疾病意象均匀地产生压迫
在这天光渐暗的峪谷

在这样的晚秋，在你的山中别业
你打算放弃收获，把西红柿、红薯、豆角、高粱
统统交给西北风
我说，在这上进的世界，放弃和撒手从来都是美德

[捡拾红薯]

一个胶东人，一个济南南部山区人
一起捡拾红薯
在一块已经完成收获的田里，寻找残留
她们想捡拾的其实是往昔

把中年这个编织口袋背在肩上
弯腰去探访童年
秋天是一个祭坛
跪着献上悲壮的捷报

干树枝在手，做探雷之姿
把农田的衣兜翻过来，翻过来
一根线头一丝纤维也不放过
在阳光和风里，什么秘密也藏不住

翻过来，看清土壤腹腔的内部和反面
穿过蚯蚓布置的营帐
或许有脏器，有界碑，有时间的定时炸弹
有缄默，有征途，有生死循环，有沉闷的睡眠

土壤松软，像巧克力布朗尼
偶然的紫红色块根，像宿命一样躺在脚下
仿佛在世界的尽头
找到了珠宝

用树枝敲着田埂大门，这扇门正变得松垮
密码和暗号已经对接：
“阿里，阿里巴巴，阿里巴巴是个快乐的青年
芝麻开门，芝麻开门”

[山货摊]

苹果、桃子、梨，胜利大逃亡
山楂的红果配绿叶，显示已婚
柿子穿绸衣，系着四面八方纹饰的领结
酸枣出寒门，走过光荣荆棘路
至于南瓜，欢天喜地，磨盘状的可当板凳
有的则长着巨型长柄，绷着肱二头肌

板栗这刺儿头，却充满母性，胎衣炸裂出多胎
核桃脾气硬，遇上锤子，性格即命运
松塔，哦，松子的公寓，懂数学
花生沾着泥，幸福从土里来

灵芝和松蛾带着仙气
它们一定见过白娘子和小青
至于香料大都有宗教狂热，花椒可以
把舌头调至麻醉般的震动，野薄荷在晒干后
依然是清教徒

土蜂蜜的固体窝棚，因蒙蜡结晶而变成宫殿
姜黄色的光芒从孔洞
发来摩斯密电码

葫芦和瓢摆放一起，诉说前生今世
每一只瓢都想在世上寻找自己的另一半
一截枯树根，大树的脚掌和脚趾
期待被当艺术请进客厅

从沙土中挖出的豆青虫，正值油腻中年
这蠕动的蛋白质，头部还长了天线
一个铁桶底部有碎石和土沫，中间爬着蝎子
披盔带甲，在阴影里记仇
仇恨太大，只能泡酒或油炸

这山货摊上还可以增加品种:
谷地里的空气，从溪涧流出去的水
向阳坡那一丛丛干草，峰尖挑着的云朵
云朵下面，在夕阳里移动着的山影
变轻盈的杨树林，凋敝着黄金
崖壁垂下野菊，白色的，黄色的
——慈祥和温柔，起伏在整个南部山区
以上事物均不收钱，要收就收诗一首

[海边松林]

整个下午，在岩崖的松林之中
我俩卧在绳结吊床上聊天
望着下面的海

海在低处，海在不远处
海在小岛的臂弯

一大块垛状礁石，迎面矗立海中
与整个太平洋交手
棕色伤口塞满了贝类

黑尾鸥的叫声加大了
海面与天空之间的距离

阳光清亮
空气里有远见

仰起脸，看见交叠在一起的
松枝绿和天空蓝
去年的松果还在高悬

吊床晃悠，时光运行
体内有赞美的音乐

离开地面三尺半
人生变简单

整个下午，我俩都在海边松林里
听海浪和沙滩在谈判
风是仲裁

[海上日出]

黑夜结束了旅程，抵达目的地：黎明
海平线微微发红，即将临盆

我在海岬上，在寒风中，一声不吭
旁边渔民家的狗，对着东方轻吠
它和我，都知道接下来会发生什么

大海心脏在黑暗中收紧，使出气力——
劣弧，半圆，优弧，整圆，沾带血腥
缓缓地跃出了水面
背负起云彩的十字架

鲜红的一轮，独自狂欢
鲜红的一轮，从大海中昂首阔步地走出
一无所有又无所不有，鲜红的一轮
要升上天庭，要做王

颂歌响起，波涛弹着琴键
霞光快跑，快跑，直到天空的拐角

辉煌的车辇将从东到西，盛大地运行
下方的世界是为它而设的祭坛
除了行注目礼，就是围绕

面对如此磅礴的上升

我所有的悲伤，都不值一提

久久地站立并凝望，大约半个时辰
太阳碰了一下远处灯塔的膝盖
太阳的脸贴上了我的脸

[我愿住进灯塔]

在那海的中央，在那小小的孤岛上
有一座白色灯塔
日夜守望
翻译着波涛

我愿住进灯塔里去
做一个塔里的人
从早到晚读着
同一本书

我愿住进灯塔里去
丢掉年月日，只专心察看
海天的分界线
阳光的睫毛，夜晚黑缎上的星辰

灯塔额头放射精确的光芒
时空锁闭在内部，成为无穷
我是塔里的人
我不想出去

孤岛上的灯塔，就是我的家
岛上再无其他人
海蚀溶洞之中，停靠着
结盟的鸥鹭

现在是春天，小岛向阳的一面
野油菜花一片金黄
山蒜在石缝间
纤细地生长

[绝壁之间]

汽车行驶在万仞峭壁的走廊
两旁是直削而立的绝望

崖壁上写满了洪荒的锈迹
石缝间生长着少量新绿
偶见一簇黄花，摇曳前世今生的恍惚

从车窗探出头，仰角接近九十度
才能望见窄细的天空
大地以石壁做梯子
直直地通向至高的深渊

唯有行走在这样的绝壁之间
才会触碰到陆地的根须和苍穹的睫毛
地球历经了多么大的苦痛
才铸就这眼前的崇高

人到中年，别再跟我谈什么江南
早忘了忧伤为何物，此时我正独行太行

圆白菜、秋刀鱼与图书馆馆长

◎路 也

谷川俊太郎写了一首《圆白菜的疲劳》。为何不是菠菜，不是鱼子酱呢?

同为日本料理，秋刀鱼也上过诗，叫《秋刀鱼之歌》。开头是这样的：

凄凄秋风啊
你若有情
请告诉他们
有一个男人在单独吃晚饭
秋刀鱼令他思茫然
……

诗里隐藏着一个八卦爱情故事，发生在诗人佐藤春夫、作家谷崎润一郎、谷崎润一郎妻子千代，以及千代的妹妹三千代之间。总之后来佐藤春夫失恋了，一个人坐在餐馆里，写下这首《秋刀鱼之歌》。

试一下，把诗中的“秋刀鱼”改换成其他食物， 效果如何? 换成其他鱼类，比如，巴鱼、鲶鱼、三文鱼、鲤鱼、石斑鱼、金枪鱼，甚至大马哈鱼，行不行呢? 好像都不太行，而且有的还能产生出跟诗中主人公失恋心境完全相反的效果，不仅破坏了全诗的“凄凄”“单独”和“思茫然”，甚至还会产生出荒诞的幽默感来。比如，改成“大马哈鱼”，可能会让人想起“马大哈”什么的，有没心没肺之感，读着读着会笑的，当然我无法确定日语里“大马哈鱼”的写法和读音，仅凭汉语的字形和发音就让人觉得此词语跟失恋相去甚远，而且无论它在日语中如何写如何读，作为凶猛的肉食性鱼类，光想一下它那裂口利齿的模样，确乎就与一个忧郁的失恋男人的心境不相符。 还有，换成：烤乳猪、牛排、烧鸡、猪肘子、猪蹄、四喜丸子，行不行呢? 好像也不行，实在有违和感，那样会感觉诗中主人不但没有失恋，而且还有喜感和滑稽感，同时感觉他脑满肠肥，是一个肉体远远大于精神的油腻男，别说失恋，好像连谈恋爱都不配呢。

秋刀鱼，一般在秋天捕捞，体形不大，约有人手伸开后一拃半的长度，形状细长精干，如一柄利刀，发着冷蓝的光。秋刀鱼的吃法一般是不去内脏，涂上盐，放到炭火上去烤，使得体内油脂渗出来浸到鱼肉中去，同时内脏又影响了鱼肉，于是整个秋刀鱼就会是在浓郁香气之中又略略散发出一丝清苦之味，一般会佐以柠檬汁之类配料来吃。秋刀鱼的模样和味道都是萧瑟的，是孤独的，如同秋天。独自吃饭的失恋男人吃秋刀鱼再合适不过了，秋刀鱼的特点恰好也符合全诗的忧郁苦涩基调。

2020 年春节刚过，新冠疫情还相当严酷，我的老师倪志云先生从四川美术学院给我发来一首他刚写的旧体诗《即景》：

斜阳晚照红梅花，
春到图书馆长家。
防疫闭门不得出，
凭窗注目忆年华。

倪老师当年任教山东大学，给我们讲陶渊明，后来调往川美研究美术考古去了，还当过一阵川美的图书馆馆长。他大学或研究生时期，诗作上过大名鼎鼎的《飞天》“大学生诗苑”，后来却只写旧体诗了。我对中国古文很是不通，中国传统文化要靠倪老师这样的人来继承了，千万不能指望我，幸好有过五四白话文运动，否则我都混不上饭吃。

我夸赞“春到图书馆长家”这句绝佳。倪老师马上供出此句与宋人王禹偁有关，并指出旧体诗是允许套用并改造的。王禹偁的《春居杂兴》如下：

雨株桃杏映篱斜，
妆点商山副使家。
何事春风容不得，
和莺吹折数枝花。

两相对比，倪老师也只是学习了一下以官职入诗而已。

“商山副使”应该相当于副县长吧，还好，放进这首诗中并没有违和感。但是，仍然觉得“春到图书馆长家”比“妆点商山副使家”要好很多，不知为什么，就是觉得“春到图书馆长家”读起来更舒服。

我忽然想到，如果倪老师没有当过四川美院的图书馆馆长，而是做了诸如总务处处长、教务处处长、党委书记，甚至大学校长，那就不好入诗了，这句诗真不知道如何写了。“春到党委书记家”“春到总务处长家”“春到教务处长家”“春到大学校长家”，当然不是不行，而是全都怪怪的……再比如，“春到公安局长家”“春到妇女主任家”“春到外交部长家”“春到文学院长家”“春到电视台长家”“春到作协主席家”“春到报社总编家”“春到财政厅长家”“春到保卫处长家”“春到卫生局长家”“春到北京城管家”“春到外科主任家”“春到肉联厂长家”“春到街道主任家”……怎么听上去，全都有些别扭呢，似乎多多少少都有一些违和感，有的甚至严重违和。在所有官职里面，如果想与“春天”一词相连接来使用的话，似乎唯有“图书馆长”可以入诗，至少可以说，似乎“图书馆长”入诗是最好的！

是我的感觉系统出问题了吗，还是先入为主？只有“春到图书馆长家”最合适，春天到谁家，都感觉有一丝不伦不类啊。这是为什么呢？作家博尔赫斯做过阿根廷国立图书馆馆长，他说：“天堂应该是图书馆的模样。”春天有花香，图书馆有书香，图书馆馆长是所有官职里最具有人文精神同时又最神圣最富有的一个官职。图书馆馆长与其说是一个官职，倒不如说是一个掌管天下经典文献的大祭司。春天来了，图书馆里尘封了一个冬天的书籍都将打开来，册页中的一行行文字全都蠢蠢欲动。

针对我的想法，倪老师开玩笑说他自己混了个官名，倒还挺好使的，算是当了一个可以入诗的官职吧，或者，权当做这个官，就是为了入诗吧。

对于事物的入诗或者不入诗，具体怎么入法，其实可以参考塞尚的一段话："画家作画，至于它是一只苹果还是一张脸孔，对于画家那只是一种凭借，为的是线与色的演出，别无其他。"诗人写诗也应该是同样道理。一切事物皆可入诗，从语言学角度，"狗屎"与"玫瑰"生而平等。没错，所有事物不过都是一种凭借罢了，但是，还是依照塞尚的观念，这毕竟是一场演出——在美术是线与色的演出，在诗歌则是词语和音响的演出——在舞台上，每个意象放在哪个位置以及彼此之间如何连接如何搭配才算得当，这才是最重要的，一旦搭配不当，或者连接方式不妥，就会出现问题，成为对于诗意的破坏。

听从"云的教导"，表达"越位的期待"

——读路也《绝壁之间》（组诗）

◎纳 兰

路也，我对这位诗人最初的阅读记忆来自她的那首流传甚广的《江心洲》。路也，是一个寻求生命、真理和道路的诗人。从路也的诗中，不难发现一个有着自然主义倾向和生态美学思想追求的诗人。她的诗，体现了她的思想能力、内心解放和精神操练的方式，有"哲学地说"的部分，也有"诗意地说"的另一部分。路也的诗所呈现的语言状态，恰好反映了她的思想和其所处的现实之间的关系。路也所具有的诗性的语言状态，触及了道与未道的事物之间的关系，她把思想、思想的语言和世界三者之间产生关联的那一瞬间提炼为诗，通过诗呈现一个世界与思想和谐的状态。“路也”，可以看作是“徒步”的诗人迷途之时的惊呼与发现；也可以看作是在“绝壁之间”的行路者，她只遵从内心而不随波逐流；还可以看作是“我愿住进灯塔”的诗人所描绘的与核心智识、心智历险有关的精神生活的一张地图。路也，道也！她走的是一条形而上、通往心灵的道路。从一种静默美学开始，以语言的沉默抵达内省式的“清虚”。

评论她的这组《绝壁之间》，使我再次想起了她的“江心洲”。回溯江心洲，那是回到一个人的精神源头，诗人没有被消费社会的参照逻辑所挟持，她参照的是“一只蚕伏在桑叶上，那是它的祖国”的感觉的逻辑，换言之，她要的是“一个像首饰盒那样小巧精致的家”和心灵的富足。江心洲是属于路也的精神乌托邦，而《到崮上去》一诗中所写到的“崮”，也只不过是换了名称的“江心洲”。从江心洲到崮上，其间的距离是“看山是山”到“看山还是山”之迢迢，然而，路也已经越过了这个路障，“如见道心”。“江心洲”可能是一个存在于某个地理位置之上的实有之物，也可能只是存在于一个人的想象之中的幻景。如果说到江心洲是一条横线的话，到崮上去就是一条纵线，它们共同构成了路也的心灵经纬。到江心洲，是缓慢，是坐着船晃晃悠悠地抵达；到崮上去，是“圆形山坡的巅顶”，是攀爬。《江心洲》一诗更多的是人与事物之间的思想传递和情感交流，所以诗人写“称油菜花为姐姐芦蒿为妹妹”；《到崮上去》诗人把“崮”比作“儒生的头颅”，体现的是存在之思，是在与一位看不见的倾听者对话。

本雅明在《论总体语言和人的语言》一文中，把语言切分为上帝的语言、人的语言和物的语言。在这三种层次的语言中，人的语言是一种“命名的语言”，物被人命名和认知。物的语言和人的语言都有明确的指向，都将自己的精神存在传达给上帝。因为人的堕落和主观性的原因，语言的生命力也萎缩与堕落了。上帝的语言、人的语言和事物的语言之间的可传达性丧失了，人的语言与上帝的语言之间，丧失了互相倾听与理解的“阶梯”。《江心洲》与《到崮上去》这两首诗，在路也这里完成了两次关系的修复，一次是人与事物之间的关系修复，另一次则是人与上帝的语言通道的修复，诗人所写：“一直在跟天空说话/崮一直在跟时间和虚无说话”，体现了渴望在人的语言与“天空、时间和虚无”之间的对话关系的修复与认定。也可以看作是诗人路也对神圣之地（江心洲）、神圣者（崮）和神圣语言（刻了字的石墙根）的敬畏与向往。崮上是一个有古庙，离神灵近的圣地，它迎候“听从云的教导”的虔诚者。路也说：“绣线菊、车轴草、金银木、铁线莲、斑种草、白头翁/跟天上繁星打招呼：嗨，咱们都是星星点灯”，这是诗人内宇宙与外宇宙之间的连接，也是世俗秩序与神圣秩序之间的比照，“其中隐含着意识－感知－语言符号的隐秘秩序”（耿占春语）。沉重的肉身渴望脱去辎重，“如同这个卸掉重负的秋末冬初”（《野炊》），获得语言救赎。路也以“携带着蜜飞来飞去的生灵”来隐喻随身携带着语言和死亡的渺小个体所获得的神秘启示。而在另一首诗中，她再次提到了“蜜”，“那凉凉的甜蜜，是神使人在受苦的地方昌盛”（《旋柿饼者》，“凉凉的甜蜜”，就是一种苦难之中的安慰剂，也同时是鼓舞人去往牛奶与蜜之美地的动力。世上不仅有光和盐，还有蜜，它们共同构成了生命被慰藉和救赎的启示的核心元素。“在遥远的崮上，更酿出清虚的味道”，“清虚”散发出一种道家清静无为的思想底色，这也预示着诗人所追求的是一颗清净之心，看重的是与实在世界所对立的“虚”的精神世界。到达崮上，有“窄小歪扭的古道”，而且是“与天空平行的崮”，这是一种艰难的抵达，仰仗着诗人“斜斜地上升”。于是，“崮”就成了另一块“江心洲”，它是诗人智识生活的体现和盛放心灵舍利子的所在。

在路也这里，人与事物处于一种可进行象征交换的完美关系，她不但被一种反向和托举的力所牵引，而且还与事物处于一种彼此祝福的关系。从“正引我插入石灰岩峭壁”（《到崮上去》），“而今大病初愈，握剪刀之艰难，仿佛剪刀在握你”（《自留地》）等诗句中就能感受到牵引与反向的力，“仿佛剪刀在握你”之句，使人想起了法国诗人勒内·夏尔的那句“轮到面包掰开我们了”，有着一种工具主义者变成了一个工具，主客颠倒易位的荒谬之感，然而这种荒谬正是诗意张力的产生来源，剪刀不仅在握你，而且还在剪裁你。诗句充分表达了失去内心主权者的无力感和挫败感。在《徒步》这首诗中，她有一双受地球所祝福的双脚，因此，她的“徒步”就被赋予了别样的意义。一切事物皆着“我”之色彩，事物成了主体情感投射的对象，诗人写下“山峦和谷地进入中年／雏菊发出变得微弱的脉冲信号”，皆是“我”的生命状态的直接投射，“中年”和“微弱”等词,很容易让读者油然而生一种共情之感，在《自留地》里：“枯黄正把碧绿拷供，蛐蛐鸣叫里有无依”，诗句再次袒露了生命的“枯黄”之色与“无依”之感。“山峦、谷地和雏菊”在获得诗人体量的同时，诗人也被这些事物以一种沉默的语言所倾听，诗人借助事物说话，也倾听事物的言语，在言说与倾听的过程中，通过“疾病意象”和“象征交换”来缓释痛苦。《徒步》一诗中，诗人从一种地理空间的行走转换为一种形而上的行走，置身于“众天使合唱／藏身于正午的明亮”的圣境之中,并说出类似于圣言般的诗句,“重量是岩石自身的训诫／风在耳边重复曾经说过的话”，从路也的诗句中，让人感受到一种有权柄（重量）的话语的力量，“岩石”仿佛被一杆秤所称量，从“重量”到“训诫”，是事物自身之力被语言之力所消解与纠正，“岩石”被重量的话语所笼罩，这是话语的力量。在《海边松林》中，诗人书写了与事物的另一种关系，她只是一个倾听者，不介入海浪和沙滩之间的“谈判”，仿佛事物之间自有一种秩序，并能自行化解之间的“纠葛”。在“海在小岛的臂弯”的诗句里，不仅体现的是人与世界之间的“人体式的大地”的隐喻关系，而且是心理深层结构的具象化，她将自己的感受当作个人象征建构，是心灵对“母体”的需要，是“海”对“小岛的臂弯”的投射性认同。她不仅是不介入具体的事物，而且是作为一个“单独者”，“缓缓地跃出了水面／背负起云彩的十字架”(《海上日出》)，在诗人笔下,太阳成为分化或诞生的个体,“日出”被诗人描绘成“大海心脏在黑暗中收紧，使出气力——／劣弧，半圆，优弧，整圆，沾带血腥”的“临盆”“产难”的过程。“鲜红的一轮，独自狂欢／鲜红的一轮，从大海中昂首阔步地走出／一无所有又无所不有，鲜

红的一轮 / 要升上天庭，要做王”，诗歌中的“无所有”和“无所不有”体现了诗人“独自”的价值取向，在《徒步》中是一种类型的“独自”，而在《海上日出》中，则是另一种“独自”，“独自”是一种“磅礴的上升”，在“太阳的脸贴上了我的脸”的诗句里，则体现了一种信仰主体对所信的对象达到了一种“合一”。

路也在自己的“山货摊”前和“自留地”之上，重构了象征语言的系统，正是这种对事物的数算，以及事物与人的生命之间的象征关系，将事物提纯为诗。她是一位通过词语的清洗和诗歌的思想来反思自身的诗人，也是一个诗人以诗歌的形式来进行的一场反思性诗学活动。她的思想在一种象征模式中使“意义不再封闭于孤立的词语中，而是被写入了感性的织体本身”（朗西埃《马拉美：塞壬的政治》）。作为思想的诗歌，她的成功之处，就像观察者从画出的一头狮子身上，辨认出“力量、威严或一个国王”，从路也的诗歌中，读者也能成为那个现身的“隐含读者”，换句话说，路也的诗是一种“可写性”的作品，她可以激发批评家的“批评的激情”。在她的《山货摊》这首诗中，“感性的织体”有着充分展示，“苹果、桃子、梨”这些符号携带着生命的体温，以具有寓言性质的象征符号和感性诗学的形式出现。琳琅满目的事物，它们不是简单的罗列，而是象征着一种事物的伦理，并充满了社会学的想象力。这首诗涉及了“山楂”的伦理关系、“酸枣”的阶级意识、人性化的“板栗”和遭遇锤子的“核桃”，沾着泥的“花生”，具有异质性的“灵芝和松蛾”，“有宗教狂热的”的香料和清教徒般的“薄荷”，路也通过对事物之间隐秘关系的把握，从而在她的诗中涵盖了丰富的哲学、宗教、社会学等内容。在“松塔，哦，松子的公寓”的诗句中，路也以诗性“机智”解构词语，赋予被解构的“松塔”一个公寓般的诗性空间，并确立新的可以更新的“可能性意义”。这充分彰显了路也将词语锻造成形象的力量，在无限丰富的词的世界里，读者既可以看到自身的影子，也可以随着“变轻盈的杨树林”一起轻盈。

路也的诗充满了“独自徒步的力量”和思想的激情，读其诗，仿佛进入了一座“词语构建的教堂”，在路也这里，教堂是石质的诗歌，而诗歌则是词语建筑的教堂。词语与石块分别对应着书本与教堂，是“言语 - 行为”的循环。所谓的“到崮上去”，亦是进入到一个“词语建筑的教堂”之内，跟着她从世俗进入事物，再从事物进入神圣之境。在圣境，虽然“天空给远方送去一封信，快递员是一朵云”也是人间生活的类比，但“一朵云的快递员”已然摆脱了某种权利话语和机制，自由进行着话语的交换。耿占春在《修辞批评与社会批评》一文中说：“诗歌话语是最缺乏‘制度授权’的话语，它依赖于个人和感觉世界。”诗人路也就是凭借着个人的感受力和想象力来实现着“内心主权”，她听从“云的教导”，表达对权利话语的不满和对诗歌话语的一种“越位的期待”。

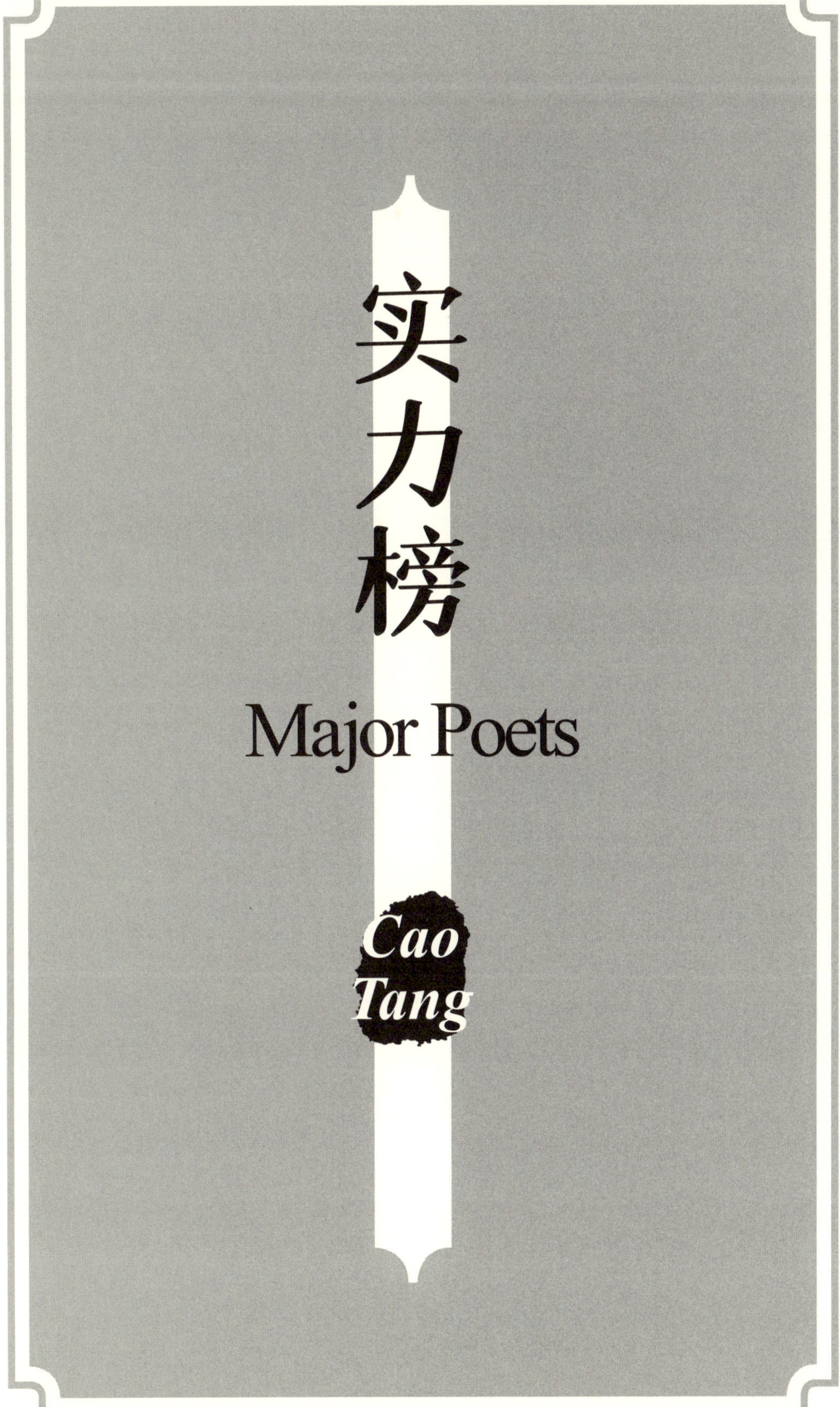
实力榜
Major Poets
Cao
Tang

人世渐深（组诗）

◎聂 权

聂 权
NIE QUAN

【作者简介】聂权，生于 1979 年，山西朔州人。有作品被译为多民族文字及英、韩文；著有诗集《下午茶》《一小块阳光》。曾获 2010 星星年度大学生诗人奖、2016 华文青年诗人奖、2017 华语青年作家奖、第五届徐志摩诗歌奖、第二届金青藤国际诗歌奖。

[怪松吟]

要怎样生，要怎样死
要怎样的命运，有时真的
没法选择
但是总可以
选择活着的方式
选择气骨、气节、气性
唐晚期，段成式的时代，树木与石头
已不像久远之前，会走路
走累了还会歇一歇，牛马猪狗鸡鸭飞鸟
会讲话，会互相高低行礼
但南康的一棵怪松，仍以这样的方式
表达自己的性情：
“从前刺史令画工写松
必数枝衰悴。后因一客与妓
环饮其下，经日松死”
是的，距离神创世界
越来越远了，我们越来越相信
植物无心、江河无情，犹如
我们越来越不相信
决绝与傲骨，但是，真的
如果你真的去留意
人世间，遍布着这样的树

[公 案]

屋子凌乱，多年前
一位同学与我辩论的
“一屋不扫，何以扫天下”
一桩无来由公案，孰是
迄今仍无答案
可唏嘘处，算来
他也四十岁已过
断绝了联系，也不知他
现在过得怎样
而我们当时，青春年少
胸怀凌云壮志

[甲氰咪胍]

人世渐深
肉身沉重
四十岁，我几乎理解了
我看过而不解的万象
几乎理解了
那些面庞和身躯上呈现的
痛苦、温暖和欢喜。譬如现在，我胃疼
忽想起，三十多年前，六舅姥爷
清癯老者，脸上总有微笑浮现
现在，他依然颇有仙风道骨
是暖崖村中一个淡泊的人，是乡间
一位高人，仿佛古时隐者
而使他神情变动的
唯有一次次，托我父亲从城里买来的
甲氰咪胍
他一次次热切地拜托
甲氰咪胍，甲氰咪胍
期盼和有时的失望
都仿佛仪式

甲氰咪胍片，又名西咪替丁片
用于
消化性溃疡、胃溃疡、十二指肠溃疡及
消化道出血
现在，极常见

[仙 去]

还好，这是传说
或许并未在现实中发生过
缑氏县仙鹤观
常于九月初三夜
有一道士仙去
此观，非常人可入
非专心、明志、天姿高颖、精进修习之人
无资格入得，自律刻苦的
七十多人，每年
九月初三夜
净身、盛装、洁心、打开门户、望月
等待飞升的一刻
而事实上，所谓成仙消失的道者
都做了黑虎的口中食
虎穴中，发现了他们的
冠帔、鞋子和骨殖
还好，这只是纸上传言
未必构成一种
一边努力一边本是镜花水月的虚妄
未必构成
一种隐喻和另一种悲凉
还好，人世苦乐皆具，很多时候
我们的付出，终有所得

[刘宗周]

蕺山先生，刘公宗周
绍兴山阴人，像貌古朴
“在朝为官，三起三落。

官在顺途，不攀附权贵；
革职在野，不奉谀失节。”
这是一个人
顺从自己心意完成的一生
忠实于自我，不曾失去
为人的尊严。理想
而不易的一生
可纳罕处，是他生而如是
抑或是
某年某月某日，突地顿悟
一个人，该怎样活
——四十不惑，四十多矣，而如我者惑多
且多现实束缚
而突然艳羡
这样坦荡、从容的一生
如此云淡风轻的一生

[赛金花]

有人说到了赛金花
我想到了她的一生
一个妇人，一己之力
保全了整个北京城
疑案已难考证
这是历史普遍性的特征
无可疑者，她的后半生
重归风尘，晚年
虐待幼妓致其自杀
入狱
后受人接济度日
我宁愿相信她的斡旋和拯救
是真实的，这样
才合于我们对现实人生的期许
及一种井底之蛙于光芒的渴求
一个人的生活，多的是
现实的琐屑、接受和习以为常
而其中，却总有一些时刻的
奇迹，平凡人创造的神迹、光辉和壮行

[菠菜歌]

你送来的小叶菠菜
我吃了
它们是无罪的

它们碧绿、稚嫩
在盘中
激不起任何食欲
却是，不容衰败的自然之物

[不 堪]

一位舞者显露出
他悲怆角色里的惊惶，与他斗舞者
作势欲踏上一脚
“他在成全
他的不堪”
艺术里的加深
可以加深，却
仍使人难受
现实中的不堪
谁想拥有？而又是谁
源源不断，为他人
造出生活枷锁

掩面舞者，以羞耻
烛照
为他人带来苦痛的心肠们

[放过辞]

一个精神病患者

和一位可以燃烧灵魂的歌手
谁可给予世界更多

命运不想这些，它是规则
是偶然，是必然
是存在，不虚无
地球不增不减，宇宙
不生不灭，背景
太过丰富宏大，从不因
某棵草木、某个人不在场
而有缺失

我并未听过《我的滑板鞋》，但
我一直知道它
我会郑重听一听
它应该是，一个人
唯一的生命结晶

我们不通晓的加减乘除的运算啊，放过他多好
有井水饮处，会多一些歌曲
虽然它们，并没那么重要
放过他多好，今日满屏庞麦郎
住进精神病院，流动越来越快速的时代
明日，一个人，就将被遗忘

[创作谈]

机缘巧合，做了诗歌编辑。能做与自己喜好相投的工作，且能为与自己有一样志趣的朋友做一些力所能及的推荐、发掘、校对、服务等事，是一种幸运。而在我内心深处，编辑只是一种工作，和自己写作者的身份井水不犯河水，呈完全的泾渭分明状。

工作需要兢兢业业、如履薄冰地去用心做，而在精神上，我更看重自己写作者的身份，他始终独立于这个世界上，与他之外的任何事物都无关。

前几日，和汤养宗老师微信里聊，说到了个人体系、辨识度和圆融等问题，汤老师自谦说，他的觉悟来得慢，约写了三十年后，才觉得在文字中找到了属于自己的东西。

转念一惊，自己竟然已写了二十七年了，也对人世间的一种事物，热爱了二十七年。

三十而立，写作或也当如是。一个人的诗歌写作，成就个人面目，已然迫在眉睫。

不少人说，好诗没有标准。于我，好诗却是有一个极多条框可以条分缕析，将一首诗里一点点的好处、坏处解剖出来的系统。然而，写作掘进艰难，原理知晓，具体落实到个人实际写作却未必容易。这两年，由《师说》始，感觉自己擅长的语言体系、熟悉的意象体系等渐可以进入到自己的写作中来了。二十多年，一直纳罕，自己所读古籍、古诗文也属不少，写出来的文字却始终偏于口语，熟知之物一直进不来，着实有些着急。无意与有意之间得到一种古与新的接受与进入，于自己，意义实大，实有喜悦。

我生愚钝，进益也晚，但是内心却有少年般希冀。“不晚，黄公望 / 五十岁始学画 / 我方四十，不晚 / 生活刚刚开始”。

哑语的云正在省略（组诗）

◎老房子

老房子
LAO FANG ZI

【作者简介】老房子，本名刘红立，四川西昌人。中国作协会员，四川省作协全委会委员。诗歌、理论作品发表在《人民日报》《诗刊》《星星》《草堂》《诗选刊》《诗歌月刊》《诗探索》《读诗》等数十种国内外报刊，入选《中国新诗·短诗卷》《中国2016年度诗歌精选》《中国年度诗选2017》《2017天天诗历》《2018天天诗历》等多种诗歌选本。出版诗集《你走以后》《低于尘埃之语》。

[沙 话]

——*在玉龙沙湖*

沙吼响的湖
细腻与粗犷

声音的坡度
谁在上面癫狂起伏，谁又
深陷内部

坠入它的词汇
你千万别轻易张口
一张口
就溺了半个叹词

还有一半悬在风口
眼、耳、鼻、舌、身
贴紧了，才能玩味
另一半有所企图

意念，突然也想发声
六根顿感不干不净。自己赶紧
翻译自己

一只空洞的眼
仰高了天空。巨石
含汪汪的太阳泪

沉默
撞响空洞的回声

哑语的云正在省略
缩短了
坠入惭愧的斜晖

木围栏圈养粗壮的喷嚏
这命的缝合线，更加惭愧地
斜靠着反刍沙粒

游客是硌脚的沙话
走远了
才想着一吐为快

[茶卡盐湖：天人感应的叙说]

诗写忌惮形容词，而它想方设法
也要把你绕进魔幻现实
“天空之境”

——在去敦煌的路上
我们不幸着了魔

突然被神秘的翅膀拍打车窗
被裹挟进吵嚷
水鸟，从对盐的冥想以外衔来

非虚构现场，众口一词
清晰就是让你无法分辨

芦苇站在虚构和非虚构之间
似笑非笑。摇摆不定
它最终秉持这灰色立场

冷风的真实就是
毫无立场。虚构冷漠
非虚构白太阳

屏住呼吸，再缓缓吁出一口气
看铁轨孤零零被呼入湖水的结晶体
电线杆瘦斜了光阴，韧性的教鞭
让你习知

一种倾向祁连山，另一种
倾向于昆仑。指向湖水
其实是流云的真身，指向流云
看见万物在一柄镜子里缤纷

天，坠入看得见摸不着的色
空，兜着底色粼粼

紫色围巾公开肉色脖颈
对镜梳妆的女人啊
请把你的黑色长发轻轻绾拢

红色披风招摇
心乱如麻的时刻

盐就用动词孕育青
湖就在名词中出于蓝
镜就鉴于天人感应而动容
好吧，那么我们就不得不同意

茶卡盐湖以
标准的形容词词性入诗
诗人是它外围的
盐而有幸

[一行白鹭绕着来年翠柳唤你]

成都骤然降温
守过大雪节气，第四届成都国际诗歌周结束
多么忠实厚道的看门人，一定要亲手打开
杜甫草堂南大门

“吱——呀——”，像仿了一声
巩县口音夹杂的旧蜀语
与多语种当代诗人一一送别
赠大家
一人一条新围巾，红色
绕着发声的部位
一种明喻
飘逸无从尽兴的温情

那是不是也仿红嘴鸥
挽起浣花溪急于
翻飞心里那尊西岭雪

远行人深怀感激
草堂主人运足千年气息，暗中
给他们诗心加了持
现实主义亦步亦趋随风潜入
各自就去野径江船超验
银杏叶把浪漫主义从竖列
纷纷铺排成横行，待黄鹂

一婉转，那一行白鹭就
绕着来年翠柳
唤你

[理塘听鸟]

悠扬是开阔又幽深
的诱惑。毛垭坝禁不住撩拨
花、草、牛羊直至白云
一遇见远来的你就尽显羞涩
一湾晓雾遮掩
动情处
嘬响了溪水

嘹亮如光芒
格聂神山端坐云的群落
它金身的箭镞
被年轮暗绿的指尖轻轻捉住
迸出一些秘咒
林间悬浮。当它们

一听到近似嘶哑的磁性
遽然就
洁白了一只仙鹤
东山上那弯细月被弹碎了的颤音
在拉萨的黄色小楼上反复：
玛吉阿米[①]
玛吉阿米
舒朗或局促

一声接一声粗犷
如法号拖长了绛紫色的雄浑
似仰天召唤
又像是垂首告别
那只飞去又飞回的吉光片羽
皱了无量河

天空斑斓
捧着最虔诚的诗章
一遍一遍读倦了的翅膀

安静下来
一头白唇鹿顶着山风的角
突然
闯大了一面古老的镜子[2]

一钮青铜的鸟声
系住天际那棵
听风的树

①仓央嘉措的一首情诗：“在那东方高高的山顶，升起一轮皎洁的月亮，玛吉阿米美丽醉人的模样，时时荡漾在我的心上。”
②理塘，系藏语。“理”意为“铜”“塘”为“坝子”，即广阔坝子有如铜镜。

[今日小雪]

——和 T.C 兄弟说说话

白发人送黑发人
雨夹雪还悬挂在某处不知去向，这种句子就
赶到渐冷的节气入诗了
了无新意

心灰意冷的天空
平庸和先锋一样抑郁，遭遇
谶纬
落入俗套

这个套子太紧
扪得心悸。你我
除了松开手，再就是
指望轮回

今日小雪，你的头七
有人梦见一身素洁
穿过昨夜的黑

白月亮
刺绣梨花的眉睫

五官忽然不在了
昼白夜黑的四肢依然健全
存在，一直在告诉我：
相别或是迎接

[冬至笔记]

怎么记录这一天是不是很重要

南窗外，银杏叶被金色光线切削
落成红嘴鸥煽动乌鸦皈依
叫斜了柱状的光，和那年感觉
有些不一样

一些愈加陌生的事物不愿称之为新奇
湖上，羽翼漂浮
昵称是否还那样
一呼百媚

冬泳的人把雪倒进岷江煮沸
捞出滚烫的他点入红包，撺掇
发给你

白色浴巾裹着微信瑟瑟
不出意料
愈接近西山，愈会被拉黑

“改用快递”。一闪念
即被婉拒的江风冷冽。明天
还是揣着失忆的霞光

跳进她梨涡的江雪

[创作谈]

诗歌即生活。我试着用诗歌为一些往事祭祀，一遍一遍做内心的祈祷。赞颂、感恩抑或忏悔，诗歌是最好的方式。从知青年代模仿贺敬之写“阶梯诗”，二十世纪八十年代偶发小诗，到后来诸种原因，辍笔二十多年。2010年代初，异乡仲秋的一次偶然，遇当初偶像诗人热情鼓励和鼎力支持，再竭力填补逝去诗意的时光，真的觉得诗是人生中不可或缺的要素。忽然，记起杜甫寄儿诗句 “诗是吾家事”。

诗歌写作当然是私密和个体的，同时也应该是现实和时代的。 “诗思趁云从岳涌”。诗人通过个体的经历、感悟和思考对社会、时代予以关照，或自言自语，或呼啸呐喊，表达不一，风格各异，愿意不愿意都是一种留痕。留给自己，也留给他人。

诗歌应当以一种超越现实的力量而“及物”，给生命境况以回应，所谓诗歌要有灵魂，这个灵魂既是诗中有“我”，不玩虚的；也要有现实，不玩空的。我曾有一首十一行的短诗《清明是一列疾驰的动车》，一位网友读后，留言：“作者故意放大现代文明给予我们的负面不足，传达了一种错乱、焦虑、彷徨和反思。人们在享受现代文明的同时，也走向一种变异、一种脱离‘雅’的‘俗’。作者用诗的语言深刻表达着现代与传统的相悖、现代对传统的破坏。”陌生读者的这段话，坚定了我的写作方向。

现代诗写作怎么“化古”“化欧” 。庞德说过：没有一首好诗是用二十年前的方式写成的。沈奇说，不能“倾心于西方诗质一源，而疏略了古典汉语诗质一源”。“通古今之变，成一家之言”，不仅是中国传统史家的遵循，也是我在现代诗歌写作中颇感困惑和力求自我突破的挣扎。

其实，这是些老生常谈，大多不以为然的话题。把谈论变为行动，成为自觉习惯，这倒也是不易的事。想到了就去做。当然，做的过程中也许会矫正，会改变，那是新的想法下的新尝试，自己做，别人说，甚好！

赵亚东
ZHAO YA DONG

【作者简介】赵亚东，中国作家协会会员。作品发表于《诗刊》《星星》《十月》《花城》《草堂》《扬子江》《作家》《文艺报》等；出版诗集《土豆灯》《石头醒来》等多部。曾参加诗刊社第31届青春诗会，曾获《诗探索》第九届中国红高粱诗歌奖等奖项。

每一个黎明都有所不同（组诗）

◎赵亚东

[我只能]

人到中年，我依然
对生活充满了恐惧

但我从来没有哭泣过
在任何一首诗里

——我只能一次又一次
把双手更深地
插进残雪……

[仿佛]

我们在刚刚盖好的房子里
说起别人的不幸
外面的雪越下越大

炉火渐渐熄灭了
雪让这夜晚变得明亮
仿佛那些不幸的人
又回到世上

[后半辈子的事]

你唯一的伴侣，就是你的影子
在斑驳的台阶上，踩空的脚从未落到地上
额头上的皱纹里落满了雪。春天
从没有真正到来过。我一想起这些
就会心疼。你看见的世界
和我不一样。我们都不再是一张白纸
我后悔没有更早地遇见你
人过中年，已经没有力量
把牙齿咬得很响，把拳头擂在石上
只能拍拍自己的良心，听听响动
确定没有杂音才敢给你写信
把后半辈子的事说一说
其实也很简单，后半辈子
无非就是两件事：把你装在心里
算是给你安一个家，还要把你流过的泪水
捡回来，一颗一颗的，来磨我的眼睛
直到我们的世界一片清明

[空房子]

河边的小酒馆里空无一人
细条纹原木桌子上落满了灰尘
那个栽倒在暮色的空酒瓶
还装着去年的落日，此刻仍有微弱的光
照着生锈的锁头。我围着
这绿色的铁皮洋房转圈
枯败的蔷薇，空荡的信箱，折断的尖顶
丹顶鹤沉默着飞过我的头顶
我曾经无比熟悉的这一切
现在如此陌生，我已经没有权利
打开这扇黑暗中的门
甚至我的凝视，也是一种冒犯
在星辰还没有升起之前
影子仍可以藏身其中
但是我必须屏住呼吸，仿佛逝去的爱人
就要从房子里走出来

[每一个黎明都有所不同]

放羊的老人喝干最后一滴烈酒
蹒跚着回到自己的窝棚
丢下雪白的羊群
在暗夜中不知所措
没有一只小羊敢开口歌唱
它们相互依偎着
一弯新月照耀着
刚刚长出来的鲜嫩的角
河流在逐渐地显现
岸边的青草站起身子
每一个黎明都有所不同
流水带走了一切
又必将进行偿还
我其实从未闭上眼睛
当烈酒在五脏里着火
我奔走在不断坍塌的河岸上
但是我知道，这荒原上
没有什么需要我的守护
我只想等天亮时的第一缕微风
将我吹拂，在最早醒来的
露珠里，照见自己的面孔

[石头保留了时间的根部]

我们抱紧一块石头
椭圆形，使劲地晃动
里面仿佛有水声

也许是火焰，藏在它的内心
深处。当我们从河底
将它打捞上来

过去的时辰重见天日
而我们却被困在时间的根部

[赏 赐]

晌午之后的
白桦林，赏赐给放牧者的是
暮色。

最后一匹白马驮走的是
江水中沉浮的
月亮。

大地上不仅留下了他们的脚印
还有那无边无际的
阴影，与沉默。

[同 饮]

我一直都要得不多
但是我不能
再把自己藏得更深

一捧残雪
半碗浊酒

重逢
还是永别

皆，与风同饮

[侵入者]

我需要赶在天亮之前
写完这首诗
词语始终在遮蔽着

脚步声在长长的走廊里
……回响
但是没有人敲门

夜色包裹着我们
雾在升起，那些细碎的面孔
正在白纸上显现

[真 相]

老艺人说：
茶碗虽小，但水是不会漏的

在山中采药的人说
山再高大，也装不下一头流泪的狮子

我去摘树梢上最后一个红柿子
却被乌鸦啄疼了双手

我饥渴难耐，去喝马蹄窝中的雨水
却淹了自己的眼睛

[寒夜的回响]

我在一个旧书摊前找到你
半瓶烈酒，一个黄帆布的书包
因为严寒你不停地跺脚

正如冻伤的白菜落满了厚厚的雪
我知道，这些年你都是这样过来的
倒腾旧书，邮票，二手衣帽……
在黑河师专中文系
你总是低头走路，但腰杆挺得很直
躺在病床上的养父
总是责怪你，给他买那么多补品
而你的饭盒里只有凉馒头
鞋壳里只有风雪，笔记本上
永远有一首写不完的诗
眼看着就要熬不过去的日子
清水煮白菜，也煮满天的繁星
就着雪花大口喝酒……
我们的杯子碰在一起
发出叮当的声音，漫长的寒夜
正发出深沉的回响

[创作谈]

我一直在思考一个问题，我为什么写诗？早年从乡下来哈尔滨，写诗是为了倾诉思乡之情，抒写打工生活的感受，到后来，写诗是为了让世界知道我的存在，为了能够通过写诗找到一份工作，有一份稳定的收入，过像人一样的生活。现在，对于我来说，这两个愿望都实现了，历经二十年的时间，我完成了自己的蜕变和进化。那么到现在，我为什么写诗？当我不再需要诗歌带来名利，改变命运，那么诗歌于我到底有什么意义？我想，我可以非常坦诚地说，现在我写诗，是对抗人生的虚无与无意义，在诗歌中寻找终极关怀，为灵魂找到最终出路与归宿。当然，以我不高的悟性和天赋，以我不高明的写作手段和探索能力，达到这样的目标和境界还是有些“痴人说梦”，但是作为一个有抱负的诗人，是不能停下脚步的。无论将来走到哪里，只要坚持这样的追寻，我们的人生都是在不断地通往光明的山巅，而不是陷入命运的泥沼，而不是迷失于现实的浓雾而找不到回家的路。

既然写诗，是为灵魂找到出路与归宿，是为万物言说，抒写生命的感受与心灵的战栗，那么对一个诗人来说，最重要的是对诗歌的认知，而不是在细枝末节上的纠缠。我对诗歌的认知是不断变化的，这个变化的过程就是一种寻找诗歌“大道”的过程，也是不断纠偏的过程。一个诗人永远是在变化中，在实践中感悟和摸索，从而依从“大道”又能找到自己的表达方式和手段。二十多年来，我左冲右突，时而拘谨生硬，时而松散凌乱，但是每一次，我都不忘记锻造一首诗的“内核”，这个内核是一首诗的灵魂，也是生发的种子。那么在这个内核的构成中，还有真挚的情感，纯正的气息，深沉的慈悲。我想，这就是诗歌的一种“大道”吧。一个把诗歌当成生命的写作者，一定是在“大道”中锻造自己的内心，生成自己的诗句，牢记万物一体，不断剥去伪装，做到松弛、自然，让事物自己弥漫诗意，让细节发出内敛的张力，让爱与善如春雨般润物无声。以上这些话就是现在我对诗歌的认知，也是我的诗观——如果这些算诗观的话。

『庆祝建党100周年』诗歌小辑

寥廓江天（外一首）

◎刘笑伟

岁岁重阳。今天的雪山格外高
高于云朵和边塞诗的语言
视线之外，苍鹰和河流相互绽放
峭壁悬崖之上，一朵野花
打开了金灿灿的秋天

登高的，不止于战士的步履
更有呼吸着氧气的意志
一步一步，接近极限
在雪山上眺望万里群山
最明白“锦绣”与“多娇”的意蕴

重阳节是一种气味
缠绕在鼻尖。这种思念
比天空更湛蓝，比诗句更古老
战士在巡逻，山道像家乡话一样蜿蜒
他在想：我在替年迈的父母亲登高
让他们在远方安享春天
他在想：不似春光，胜似春光
多么美妙的寥廓江天万里霜

[北 斗]

天空中
那些细碎的银两
也会熠熠闪光
只不过没有北斗
那种金黄的色彩

星星如果承载梦想
就会闪闪发亮

星星如果争一口气
就会上升为北斗

仰望北斗
检验一个民族的方向感
星辰，如大海头顶
那一束束白色浪花
折叠起阵阵涛声
东方的心跳，汗水，打磨出光
令这些大星依次闪亮

太空真静，导航着我的思绪
如一根针
细密地穿越祖国的万里河山

听清唱《映山红》泪目记（外一首）

◎梁志宏

熟悉的旋律响起，我习惯
闭上眼睛，敞开心神倾听。

灵视里呈现红都瑞金，根据地
红星照耀过的山水，红军战略转移。
白色恐怖下，冷月寒风
赤卫队员和百姓的期盼诉诸歌声：
夜半三更哟盼黎明
寒冬腊月哟盼春风……
拨亮油灯，抚摸秘藏的红五星
镰刀锤头旗，燃旺心头的火种。

若要盼得红军来
岭上开遍映山红……

胸中有波涛涌动，我闭着眼睛
还是没能止住泪水潸然；
为那漫山遍野火焰般的红
为天下归心危难岁月苍生的心声。

[听大合唱《在太行山上》壮怀记]

听得到：我们在太行山上
武乡王家峪、砖壁，辽县麻田
太行强劲的脉冲，八路军将帅发号
施令，电报嘀嗒声枪炮声马蹄声。
看得见：山高林又密兵强马又壮
平型关首捷，黄土岭摧折日寇
名将之花，百团大战八方奏凯；
十字岭、狼牙山，将军与壮士殉国
黄崖洞兵工厂赶造枪弹炉火迸金星。

千山万壑铜壁铁墙：这壮歌
为《义勇军进行曲》旋律之协奏
血肉铸成新的长城在此延伸
神州四面八方炮火烽烟鼓角轰鸣。
北眺风雪长白山抗联举木成兵
南望群山河湖新四军转战出征
东传沂蒙山上杀敌歌、拥军调
西闻宝塔山下民谣新唱东方红……

英雄花
是一匹战马的化身

◎宋光明

年代久远的记忆，是从
南方慢慢移过来的
栽秧果，最好的邻居
她的颜色近乎你的花瓣
沾上安宁河谷霜白
像屈指可数的那些清晨
逗留你骨头般枝干下
一匹战马细碎的英雄构想

十八岁隆冬，英雄花，你是中心
马围着你转，我跟在马后
我和老兵的青春同时睁大眼睛
渴望完成你一样的燃烧
并骄傲地与战马合影

英雄花，那一天没有等到
二十九天以后，你化身那褪色已久
我从未上过鞍的红棕战马
它立过七次大功，名字叫战斗

它因年老被送给山里的生产队
首长说山里很远，怕它跑回军营
它被首长蒙上眼睛
首长将缰绳亲自交给含烟斗的老人
它没有看到我离别的眼泪
它也不知道，首长不允许
我和老兵与三位老百姓交谈

怕我们去见它。甚至
送别必须以你为界

四十二年了，英雄花
人们提起你，我首先想起它
从未感觉消失。好像你
捂着我年轻的未酬却
一直散落
在安宁河民间

走过铁军公园（外一首）

◎梁德荣

很多次我走过这里，我住在附近
熟悉这片被树木和青草包围的角落
很多小鸟在这里飞翔，鸣叫
很多木棉花在这里怒放，掉落，又怒放
满地温存的阳光，总被孩子的笑声搅动

很多次我来到这里，脚步放得很轻
因为我从少年的课本上
早已知道了这个铿锵的名字
铁军，你的名字是如此动人
你的故事更令人动容
只要看到你与周文雍依偎就义的旧照
便忍不住心痛，叹息
让暖暖的泪水肆意打湿衣襟

刑场上的婚礼，枪声伴随爱情
让一位岭南少女的传奇血肉丰满
蛰伏的情感，奔涌的爱恋
青春书写的每一行足印

死死守着坚贞和信仰
即使面对骤然爆响的枪口
也从没觉得畏惧和伤感

在刑场上表达出来的爱情
是无论如何都会深入人心的
天空一直碧蓝，草地一直葳蕤
雕像一如既往地高昂着头颅
我走过这里，很多人走过这里
一位佛山少女用生命撰写的奇迹
在时代的蹄声中放射惊人的光彩

[1935年的方志敏]

可爱的中国——
在他写这篇文章的时候
铁窗外正密布着沉重的阴云
掀开1935年最后的日子
他在镣铐声中
看到了，稻花飘香的中国
美丽的春天的中国
使他热泪盈眶

他的手心沾满阳光的汁液
于是，流出的每个文字
都飘着特别的芬芳了
他渴望这芬芳
飘满天空和大地

他放下笔，握紧双手
手上的镣铐，叮当有声
他出现在一片草地上
表情像秋天一样淡然
他的身后，跟着
一群黑洞洞的枪口

许多年过去了
当人们躺在芬芳的草地上
诵读他留下的千秋文章
总能听到一种金属的声音
在明亮的阳光下訇然振响

旗 帜（外一首）

◎陈炳生

从泥土里提取铁，淬火
镰刀收割旷野
铁锤敲打世界
血红，是醒目的背影

风雨中劲舞，千山万水
都在热烈响应
破了，用心补
皱了，用深情熨平

伴随《义勇军进行曲》雄浑响起
谁的热泪似长江水流不尽……

[长 征]

长征，仿若细密针脚
缝补一面阔大旗帜

朝前走，是无畏的精神
牺牲的，站立为丰碑

长征路终成大道
草花，和虫鸣
雪山，以及沼泽
都是不可或缺的风景

埋伏

◎郑兴明

听老歌，才发现
一支队伍埋伏在我的眼角

冲出去
追上阔别的战友去拥抱
追随久违的号角去冲锋

急行军
在我的脸庞前赴后继急行军
蹚过的皱纹，哪一根
不连着万水千山和长征！

急行军
在我脸庞向着远去的背影急行军
打湿的衣襟，哪根棉、哪根线
不连着江南的爱、塞北的疼
不连着大娘的白发、大嫂的针！

一面红旗展开
血液里埋伏的山丹丹一起燃烧

倾听聂耳

◎子空

当人群渐渐离去
当风声渐渐松弛
我来了，我来了
沿着你
钢铁般的二十四个春秋
我赤足进入
祖国的琴弦，人民的音阶

我从未大声呼唤
我从未贸然惊扰
多少次，我举目遥望
多少次，我昂首肃立
唯有心脏活着的声音
唯有松柏挺立的剪影

沿着平川，沿着长江
沿着黄河，沿着山峰
沿着国旗，沿着版图
我倾听，我倾听
大气磅礴，骨节震颤
血脉通连，万顷碧波

噢，我的前辈，我的兄长
如果我是一朵玫瑰
必将钟情于你
如果我是一把利剑
必将铸上你的真理

长征精神

◎王贺鸿

二万五千里，不仅仅是一组数字
迈开的每一步都是一种进取
雪山、草地、沼泽、高寒
每一个面对都彰显一种奇迹

八十六年前的那次征程很长
从赣南到陕北
历经一个漫漫的黑暗到黎明
以生命的代价寻求心中的信仰

其实，多少年过去
我们一直在路上，高举火炬
让胸中燃烧的希望照亮前途
书写一次次长征的壮举
书写一种生生不息的精神

一百年的光景

◎古华书

一百年的大地
来自洪荒
一百年的岁月
染尽风霜
从帕米尔的雪莲
到东海的涛浪
苍茫大地谁主沉浮
东方巨轮驶向何方
万里河山
何等苍凉
万万同胞
何止忧伤

一百年的天空
日出东方
一百年的党
苦难辉煌
从石库门的愿景
到红船的启航
不忘初心风雨兼程
赴汤蹈火感动上苍
大江南北
风云浩荡
中华儿女
乘风破浪

一百年的砥砺
茁壮成长
一百年的光景
万千气象
从港珠澳大桥
到天问远航
脱贫攻坚一往情深
抗击疫情举世华章
锦绣中华
抵达梦想
红色江山
万物生长

一百年的初心
点亮希望
一百年的厚积
充满力量
从名都会的喧然
到神鸟的飞翔
西岭雪山红旗飘飘
锦江两岸诗意流淌

七月，火红的月度

◎杨敏

火红的月度
翻开七月这本词典
英雄的名字把一个个历史故事诠释
白色、龙州一串闪光的词汇
浓缩了一季腥风血雨
读一声心潮澎湃
唱一句五岳回音
淮海的磁盘放在七月的磁头上旋转
千军万马的足音汇成一曲天籁的合奏
铁锤加镰刀是七月的后盾
激励着长征义无反顾向丰收行进
红船在沉睡的夜空划过之后
星星之火迅猛弥漫中国的岭岭壑壑
让革命者坚定了信仰
七月有了一种灼热的温度

铭记邓中夏昂首走向雨花台
渗血的雨花石
一块块在风雨的岁月中丰厚
铭记刘胡兰从云周西村挺身
视死如归，呼唤东方的日出……

七月的册页里矗立一座座雕像
林林总总的丰碑是烈士的家
当凭吊的人群一边乘凉
一边回味生活的幸福
院中的旗帜正仰望蓝天
默默地丈量着七月的高度

我听着祖国的心脏在跳动

◎杨凤金

我听着祖国的心脏在跳动，在祖国的边陲
在雪域高原，在大漠戈壁，在密林深处
在万里海疆……我听见一阵一阵的风吹来
还有暗暗涌动的雷雨。所有的耳朵
都立成一排排的森林，严肃地把一切
收集在根部。祖国的心脏在跳动
五色的彩旗在高山、海洋舞动
一树树的桃花、梨果或飘香的殷红
都是祖国的心脏，它在每个人的心灵
就这样跳动，跳动，跳动！
医生抗疫前线的手套和口罩
警察武威站立路口引导群众的手指
农民伯伯手里挥动的铁锹
小学生胸前飘逸的红领巾
军人在野外踏雪的脚印，和母亲
双手捧起来的泥土。都是祖国
为我跳动的血脉，都是祖国
让我永不忘记自己是跳动心脏里的
一颗小星球！

从百年再出发

◎党永高

在深邃的暗夜里，有人
赤膊抡起了铁锤和镰刀
星星之火插上蒲公英的翅膀——燎原
鲜血，染红了整版地图
破晓时分四万万同胞齐唱东方红，暖阳下
一个东方巨人在天地间矗立

乌苏里江船公的号子惊起帕米尔高原的雄鹰
曾母暗沙的海风与漠河的风雪交融
紫荆花开满香江，MACAU 叫回乳名
杨利伟做客太空，辽宁舰鸣笛扬帆
挥毫书写春天的故事，故事中尽显春天
绿水青山就是金山银山，鲜花红遍大漠戈壁
白浪逐梦沙滩，鱼虾在浪潮中踏歌起舞
百岁老人脸上的皱纹开成痴痴的五指花
最后一个贫困村摘下头顶寒酸的草帽
文明铺路信息架桥，一带一路联通地球之村

时光机缓缓地从 1921 演绎到 2021
百年荣光只是伟大复兴的懵懂开端——
更长的路在脚下无尽延伸，千年万年之后
紧紧攥着的拳头还在锤打那句铿锵有力的誓言

非常现实

Life And Poetry

夜晚那么短（组诗）

◎一 度

【作者简介】一度，本名王龙文，生于 1980 年，安徽桐城人，现居黄山。鲁迅文学院诗歌高研班学员，参加第八届十月诗会，入选诗刊社第 36 届青春诗会。 和友人主编《安徽 80 后诗歌档案》，著有诗集《散居徽州》。

[风中所见]

晚风中，低伏的油菜
让我想起那些，一生都在低头行走的人

抬着水上山的喇嘛
街头烤红薯的老人。修鞋子的
修伞的、修电动自行车的……

王二在屠宰场的树荫下磨刀
他从不因为愧疚，低过一次头

[晚风中走来的吹鼓手]

晚风中走来的吹鼓手
多么像我的父亲
穿着旧军装，站在漏雨的屋檐下

他始终没有笑过
哪怕我们四姐弟簇拥着他
和四处漏风的墙壁

母亲的灯盏，悬于梧桐枯死的枝干
悬于她膝盖积水的夜晚

我知道，我在他们中间活过一阵
也消失过一段时间

[海鲜市场]

忍着痛，我们走进海鲜市场
大海走进隔壁餐桌
他们拖着长长的饱嗝，吃完最后一只
海胆。“大海从无限寂寞的
腹腔中醒来，摇晃这松动即将垮塌的世界”
陆地预言家呀，他们用
松针编织的王冠，献祭给他们的王
让他恪守和平。让他在大海上获得永生的光明

[四月二日黄山到安庆路上所见]

延绵的绿，长在春天的骨头上
温暖的河水。复苏过的石头
我们也在苏醒。去年这时
在凉山，坐在整个世界的对立面
看一辆辆灵柩缓慢地
经过送行的人群

我看过江水用回旋与人告别
群山用隧道里的长明灯与人告别
就像我，与这么多石桥告别
与车窗外这些插秧的人
果园里剪枝的人、戴着红臂章森林防火的人
超市门口手拿测温枪的人
那些贴着门店转让的人
公交车上戴口罩的售票员
米店里搬着粮油米面的工人

[夜晚那么短]

夜晚那么短。凌晨的屠宰场
蹲满肉贩子和三轮车

夜晚那么短，失眠的人就这么
醒着。天花板醒着

薄雾里的烟囱那么短
饥饿的人，梦到的甘蔗那么短

神父的十字架那么短
婚礼上父亲发言那么短，他抱紧了身边的女儿

[我 们]

穿梭在街头发广告传单的有我
菜市场买菜、送孩子去学校的路上
有我。昏暗路灯下
带着饭盒下夜班的工人中，有我
车间里，用黄油拧开生锈的螺帽
递扳手的人，也是我
有时候，我已经分不清哪些是我
哪些是我们。就好像刚刚读过一本书
我们的面孔集体呈现了
而我却又消散。餐桌上
阳台栀子花前。那些被月光悄悄篡改的
姓名，就是我。凌晨装卸蔬菜的
给麦地盖上薄膜的，在大地上忍着痛写诗的人是我

心脏内科：33床（组诗）

◎安 澜

【作者简介】安澜，中国作家协会会员。有千余首诗歌发表在《人民文学》《诗刊》《草堂》等刊。

[握紧你的手]

像，真像咱家北大河冰窟窿那么凉
上面的老年斑
像岁月溅上去再也抠不下来的泥点
我害怕它们把你埋住
都说人是泥捏的，那样是不是
你就真回到泥土中去了
你那说打就捞的能耐呢
被你踹折了一条腿的饭桌
至今还哆嗦吱嘎叫唤
现在我才更深切体会到
那从记忆里扇来的耳光，不仅响亮，霸气
真的已经成了甜蜜和奢望
医生来过，翻了翻你曾经瞪得溜圆
现在紧闭的眼皮，说只要你能挺过今夜
煎熬都撒开四蹄了，我的无助
成为它四处乱窜的旷野
真想给表针安上轮子和马达
只要它跑快点，天就亮了
这深井般的黑夜，咱俩
就都爬上来了

[博弈]

我让你两盘，你脸上笑容那般
行云流水，笑声就仿佛是一根撬棍
要把房盖撬开
我决定这盘不再让你了，你就
一再悔棋，脸上阴云密布
嘴唇上憋着一声滚雷
此刻，楚河是你干瘪的血管
汉界是你拱到八十三岁那座悬崖，拽住
岌岌可危的那根缰绳
监测器里，血压和心率
一会儿波涛汹涌，一会儿
风平浪静，忽然再跌进低谷
制氧机上那个咕噜咕噜冒泡的小瓶子
太憋人了
像一个人只出气不进气
这些器皿里将士相车马炮的对弈
时间太慢，煎熬太急
我这只热锅上的蚂蚁，像被恐惧
举在手上，迟迟不肯落下的
最后一将

[短暂苏醒]

仿佛什么都不曾发生过
刚从午觉中醒来
晚上弄俩菜：东北拉皮
小鸡炖酸菜
我没敢问你，是不是把这病床
当成了老家的炕头
是不是把输液管，呼吸机，检测仪
当成了你已经用惯的家什
我不知道如何回答你，这儿
与老家隔着两千公里的月光和焦急
你直勾勾使劲地盯着我
像是询问更像呵斥
还不等我从你突然醒来的
惊喜里回过头来
马上又让惊骇，端上一脸强颜欢笑
把一声好，用虚假递给你
我看见你的目光渐渐柔软了几秒钟
像手机慢慢地黑屏，吧嗒
再一次搭进眼睑里
我的心脏，咕咚一声又
跌回了深渊里

[父亲]

你现在成了一个乖孩子
躺在病魔的摇篮里
过去让你吃药，跟杀你似的
现在你总是一会就轻声细语地说
该吃药了吧
我笑着告诉你到时间我会喂你
你的神情里却总是飘下几朵怀疑的雪花
但是，你已经不敢与我为敌
就像每一次，护士给你扎完针都会问你
疼不疼啊，爷爷
你都狡猾谄媚地回答，不疼
给你擦脸，刮胡子，喂饭，换纸尿裤
你总是乖巧忐忑地配合我
任我随意地摆布
每当这样的时刻，我心底
就特别地柔软和光荣
仿佛，我也当了一回你的父亲
跟你小时待我那样

从死亡的酸涩中活出甜蜜（三首）

◎蟋 蟀

【作者简介】蟋蟀，生于 1974 年，现居湖北鄂州，从事种植业。有诗作散见于《诗刊》《大家》《长江文艺》等，诗集《剪纸课》获北京文艺网第三届国际华文诗歌大赛诗集奖。

[橘 子]

穷其一生，我只想让老人
吃上我种的橘子。
我的大伯，死于肺癌。
他抽了一辈子劣质香烟，临死
都没有喘过气来。
虽然他味觉迟钝，也完全不知道
若干年后，我会在河边种上一排橘子树。
我二婶，死于鼻咽癌。
她念了一辈子六字真言，后来
完全失聪，失明，只剩下坏脾气
疼痛难耐时，高声咒骂儿女的不孝。
她留下的手串作为遗物被掩埋。
她怎么可能猜得到自己跟橘子之间
会有什么必然的联系。
我细姑，死于血癌。
她甚至还来不及看到我能够
独自下地干活的那一天。
她死的时候全身青紫，

儿女还那么小，房间那么暗
她经常出入我的梦中，告诉我
她是如此恨意难消。
我种下橘子时他们都离世已久。
在他们生前各自的抽屉里，
还留着橘子的位置
等我一瓣一瓣地
从死亡的酸涩中
活出甜蜜

[书信中人]

来信中你越来越薄。
字迹和纸背，你只能任选其一。
居于信封，东奔西走，无处安身。
黝黑，单薄；你的脖子适合
围绕一串雨水，那泥腥味的念珠
或者，披着炊烟的围巾。
在额头，你悬挂墨汁的屋檐
依靠重力将笔迹滴落。

曾经的错别字沦为笑谈，而课堂外
张衡的画像已经歪斜。
地动仪吐出铜球，
指向那些倒塌的木质建筑，它们
相互咬合的榫卯结构，不堪一击。
快马加鞭，总是鞭长莫及。
沿途如书页般翻阅而过的城墙，村舍，古寺
栈桥与炉灶，归于尘土。
你并未参与他们的商谈：呈上的奏折
总是于事无补，摘录的
诗句，掐头去尾

你曾是寒食东风中的一名书童。
毛驴一直在郊外碎步行走，
借宿农家，鸡与兔不免同笼而眠。
窗外，细雨打湿了芦草
磨平夜砚。
河边的渡船无人轻摇。
月光在云影后，铺展开宣纸的光晕。
李杜曾经遥祝过的
上元节，灯火折叠处，一篷流萤

曾几何时，铁砧上的繁体字
敲打成简体。
你和这些汉字之间
有着几度离异的旧感情——
而今，彼此依偎，满目憔悴，缺少欢愉。
那些撇与捺，点与钩
和你捻断的数茎须
从横平竖直中脱落

难以吟诵，碎如晨霜。
多年来未有邮差抵达，耳畔终年积雪。
我也未曾一一回复：
只因尚未落笔写下“此致”，无法停歇。
铸铁的邮筒，在夜灯下
锈迹斑驳，
隔着迷蒙雨雾，向远方——“敬礼”。

[潜水艇]

他失踪了两天。
手机进入无线电静默。
浮出水面时，他打了一个寒战
顺手掏出黄鹤楼香烟。
瞬间，他变得充满噪音，嗓门底下
有一个油污的气缸来回运动。

就像回到修理厂
他的器官，就要抖落
那些松动的螺杆。“近来可好？”
“还行。”
中年人并不急于展开他的旅程
他的沟壑。
街边，算命先生眼球干瘪
贝壳微张。头顶
玉兰花开，冒着小小的气泡。
有人见过他，两天前穿过医院边的窄巷
头发凌乱如一个被开除的厨师
鼓起腮帮，
拐过油饼摊时带着擦伤。
还有人看到他在汽水厂的院内逗留
与一艘巡洋舰搭讪。
此时，地震网监测到，新赫布里底海沟俯冲带的
一次深源地震，激活了苏伊尔火山。
火山灰落在他面前的豆腐脑上。
他一定是察觉到洋流的变化，突然低头
中止了信号。
显然，他将潜往更深处，把噪音降至
九十分贝。
他消失在交头接耳的人群之间。
那里，暗潮翻涌，深不可测。
水母依靠寒流发光。
直到他再次回到浅海，将湿漉漉的衣裳拧干
顾不上吃一口热饭。
他小心翼翼地
交出指挥权，
将身体驶进家中，
用锈蚀的额头靠近
那温热尚存的旧船坞。

送你一座纸上的村庄

◎ 李春龙

【作者简介】李春龙，生于1976年，湖南邵东人。中国作家协会会员。1992年开始写诗，「大兴村」系列组诗结集为《我把世界分为村里与村外》《虽然大兴村也会忘记我》等。

[一]

说来就来了
盛夏一样率性不可阻挡
点名要去大兴村
你说的去于我就是回
人往上走
温度下行
五百米海拔如果是一根旗杆
仰头垂直看
最顶端挂的是大兴村的清风

[二]

进入大兴村地界
马路两边的绿会随时遮挡视线
为椅子山下的这汪泉水
我习惯性停下
不喝过怎知道原来水还可以这样
你彻底认同我为什么从小到大
一定要在这里歇脚
如果你冬天来
这汪泉水会有丝丝热气升腾不息

[三]

桃李早已罢场
梨子鸡蛋枣还需耐心等待
西瓜正当时
黄沙土里才拿得出这种味道
来迎接你
这都远远比不上
你纵情跃入张家冲水库
镜面开合
一身喧嚣荡然无存

[四]

你要亲手炒一个菜
父母不能理解我能
从自留地里现摘回来的茄子辣椒
在清水中新鲜欲滴
小心翼翼地切不太熟练地炒
一再试咸淡
柴块子释放出来的烟火味中
你那认真的样子
像是在做一件多么有意义的事

[五]

母亲一小杯
父亲一大杯
你不胜酒力
我到了七成
外公脸也红了
八十多岁的外公用土饼药酿的好酒
何不再来一杯
生活有时就当如这红脸夕阳
不醉不归

[六]

对门是刘家院子
中间是方塘圆塘弯弯溪
这边是高石头岭
那边是椅子山和张家冲水库
还有那曾经的大兴亭老凉树
和我无处不在影子一样的往事
整个大兴村只有我和你在散步
或者我在说或者你在听
如此静谧

[七]

不是不喜欢雕花木架子床
只是想到水泥平台上睡
这让我忙活了好一阵
你说这样就能整夜看到满天星光
就算睡沉了
满天星光也会看着你
你说不记得已有好久
没与星光这样接近
仿佛睡在天空怀里

[八]

马路到不了的地方石板路到
石板路到不了的地方
小路已还给小草
一上午时间只能让想象代替去了
满目苍翠半掩人间
你深吸一口气然后缓缓吐出来
大兴村就从你身体里过了一遍
深吸三口气
小小的大兴村已了然于你心

[九]

山水已看当不去计较笔下对错
酒已喝好懒得去感慨故乡他乡
来去匆匆难得你真心实意
别无他物送你诗集一本
送你一座纸上的村庄
一座可以随时随地携带的村庄
随手翻一翻
就会看到我的童年少年青年
和此去经年

眺 望（组诗）

◎张抱岩

【作者简介】张抱岩，安徽阜南人，现居阜阳颍州，安徽省作协会员。作品发表于《诗刊》《飞天》《散文诗》《星星》《诗歌月刊》《青年文学》《草堂》《诗潮》《延河》《绿风》《广西文学》《安徽文学》等；出版诗集五部。曾参加全国第七届散文诗笔会。

[眺 望]

站在高楼，看见远处的拆迁荒地
一个人弯腰捡拾钢筋
他矮小的影子投在
破碎坍塌的墙头

此刻，阳光普照
四围阒静，听不到断砖的喘息声
飞鸟的黑点起伏跌宕
好像世上只有他一个人
孤零零地站在苦难中间

[淮南子]

去看过淮南王的坟冢
和另一个诗人逆行绕一圈
住在他坟冢附近的宾馆

吃过饺子豆腐
从孔夫子旧书网淘来过几个版本
从楼下柒艺菜鸟驿站取回
这几事综合起来，像流水
多次相遇啊，就像悲催的结局
一次次穿越命运

小区草坪的白鹿
安静不语
这是深夜跑步能看见月亮
林间接孩子能捡到几枚布谷鸣叫的月份
麦子正在灌浆
外卖小哥弄丢外卖被投诉包赔
暗自在墙角哭泣

[昏暗的灯光]

在一个深夜，遇见多年没见的兄弟
我们在昏暗的灯光下拥抱
在为生活奔波的路上
很少找到见面的交集
他让他的儿子喊我叔叔
我们认识时，他还没结婚
我请他到县城演出
他戴着墨镜，歌声激昂
时光一晃多年
他不抽烟，他的儿子开着车
声音嘶哑
还要在市区拐几十个红绿灯
赶往火车站旁的铁二处
我们留下微信
市区的灯光照着我们疲倦
而昏暗的脸

[五 月]

那女人刚做过乳腺癌手术
小狗在步行梯上
见到生人狂吠

[深夜行驶者]

我和岳父
一个青年和一个老年
深夜前往县城劳作
月色笼罩我们的车顶

我们驱车在夜色中行进
世界是黑色的。面前的道路高速运转
年老的肩膀和年轻的肩膀
沉默着，抖动着
并排在深夜

最青春

Younger Poets

新的一天（组诗）

◎李路平

【作者简介】李路平，生于 1988 年，作品发表于《长城》《芒种》《诗刊》《星星》《民族文学》《西部》《草堂》《星火》《鸭绿江》《青春》等。现为某杂志编辑。

[新的一天]

新的一天从浅睡中醒来
涡轮的轰鸣
比光线更早抵达
我在盥洗间整理好头发
出门吃早餐
就是这样
蝴蝶飞进宾馆
兔子在楼顶蹦跳
地震
在不远的地方发生
而我事后才知晓

[补鞋人]

像很多年前那样
他们把一台简单的机器
摆在路旁
为别人缝补鞋袜
和衣服
并以此为生
小巴车每次接近和
经过这里
我都感觉时间被无限拉远
当街边的人无意抬头
我都感觉
往事与我不断重逢
但内心分明是无动于衷
他们抚弄然后离去
只有一个人会满含泪水
用一生化解沉重

[醒来之后]

醒来之后又能怎样?
黑暗之水在幽居中起伏
身体随形飘动，无涘无涯
出去之后又能怎样?
行走大地，就是行走在永恒的异乡
永恒的悲伤

[大 雨]

大雨浸透了许多城市
但却无法浸透这些海绵
它们轻薄，有些近乎透明
绝大多数人穿过犹如
空无，只有极少数人才能
看见它们，缓慢抚摸

[一顿并不完美的鱼肉]

腌制好鸡肉后，你的手上
残留着料酒、蚝油和姜蒜的气味
你不时把手伸到鼻子下面
闻一闻，这并不是一种好闻的
味道，但你曾因此感到幸福
那次你想给她做一顿
美味的鱼肉，同样的腌料
可是鱼肉并没有做好
出锅后才想起忘了放盐
你因此而懊丧，可是她大笑着
将它吃完了。你觉得那就是
爱情，淡淡的鱼腥味
在你的心里萦绕
你想仔细分辨
泪水却忽然涌出了眼眶

[告 别]

夜色渐浓
只能看着他们远去
鱼尾摆动幽蓝的火焰
融入寂静，融入一
那些影子如闪光的碎片划过
完整的海，只能看着他们远去
变成闪电，迁徙，带上洁净之水
不再归来

雪 人（组诗）

◎ 熊 芳

【作者简介】熊芳，生于 1987 年，湖南桃源人，毕业于中山大学汉语言文学专业。作品发表于《人民文学》《诗刊》《星星》《扬子江》《汉诗》《诗选刊》等；入选多个年选版本。曾获“人民文学 · 紫金之星”奖、台湾叶红女性诗歌奖、常德原创文艺奖诗歌奖等。曾参加《人民文学》第五届“新浪潮”诗会。

[黑与白]

山，不高，山顶的树
也不高，他们像栅栏一样
把天空的蔚蓝围起来
白天，看云朵一片一片散去
夜晚，看星星一颗一颗出现
月光皎洁，泛出本质的白
与大地的黑夜相映，山弯里
一片静寂，如果你一直
在寻找永恒，也许
此刻就是

[朋 友]

他想要什么，风
也不知道，遇到一棵树
就留个记号，遇见
大海，就做一回哑巴

他背井离乡，他就是
我的远方，朋友
也是一生，天黑就回家

[从 前]

从前山上草木茂密，野兽出没
只有猎户才进深山
燕子在房梁上做窝
白鹭箭一样射入水潭

从前是一大家住在一起
父母在，不远游，老人当菩萨敬着
夜里，星星一颗都不会少
抬头就可看到牛郎织女

[陪 伴]

奶奶越老越喜欢看书
足不出户，在书里跋山涉水
有时不认识的一两个字
也就一笔带过了
儿女们各忙各的，就像
那几个一笔带过的生字
每次回家看奶奶
无论白天黑夜，电视都开着
有那么多的红男绿女
与奶奶一起笑着哭着，生老病死

[遇 到]

每次遇到一个让自己欢喜的人
都庆幸
但遇到本身更令人着迷
我去挑水，遇到青蛙
我去砍柴，遇到白蛇
我去上香，遇到落难书生
遇到只有一根刺的距离
如爱情，令人保持着好奇与畏惧

[雪 人]

他用糖果做成我的眼睛
说这样流的泪也是甜的
鼻子是留有一片叶子的断树枝
要把新的根盘扎在我的体内
泥土的芬芳成了他的气息
他在我嘴上插了一朵花
每个花瓣都代表一句甜言蜜语
我爱着他呀
多爱一点，我就融化一点

[母亲的手掌]

最近母亲手疼
回家的时候，就为母亲按摩
舒缓疼痛的同时，也是
我感受母亲的一种方式
按到手掌，每根手指都要抚摸一遍
每抚摸一遍，都感觉更接近
生命最初的样子，母亲的手掌
微微弯曲，长这么大
第一次如此亲近这双手
并没有想象的那么大
与母亲合掌的时候，特意
放慢了速度
这双粗糙、微黑的手
原来比我的还小
在那柔软的掌心里
却一直保持着我胚胎的温度

公元纪年（组诗）

◎文 西

【作者简介】文西，土家族，1994 年生于湘西，保靖县作协副主席。作品发表于《十月》《扬子江》《星星》《诗选刊》《小说选刊》《西湖》等。著有诗集《不能遗忘的》《湘西纪》、散文集《冬日田野上的青草》（2014）。曾获首届扬子江年度青年诗人奖，首届华语青年作家奖。

[笼中鸽]

鸽子白色羽毛
歪着脑袋
缩成小小的一团
眼睛里什么也没有
它不知道外面发生的事
和接下来的命运
隔壁屠夫在杀鸡，羊，狗，鱼
砧板上的猪肉快卖完了
如果一个人被关在笼子里
我知道他有恨，恐惧，求生的欲望，计谋
出来后怎样进行报复
鸽子在想什么呢?
别猜测了
永远不会有人知道

[启 示]

蜜蜂在油菊上忙碌
肥胖的肚子沾满花粉

它从不在其中一朵停留很久
动作匆匆，采蜜的时间要一下午
它不知疲倦，也不会停止
这双翅膀让它不落入污泥
我从它那里得到启示
我应该像这样爱你

[疑 问]

穿过秋日的田野
并不是什么都消失了
小路被草丛覆盖，传来虫鸣
河流还没有干枯
岸上开着藿香蓟，鳢肠，愉悦蓼，千里光，一年蓬
山峦上的星子从来不说话
漫步者，它们是启示吗?

[公元纪年]

不知道 3020 年是什么样子
有谁出生
花面狸，麂子，鼬獾和别的物种有没有灭绝
人们的生活一定变了
坐另一种交通工具
新的社交方式
厨房更方便，有更多新食物
上学，看病只要一点钱
仍然有管理者
每个人都能说：“让他试试吧。”
或者：“我觉得这个人太愚蠢了，不适合。”
边界不会消失
只有小鹿和一年蓬出入自由
人们吃早餐，读经典，工作，给一些人卖命
也会争吵，犯罪，伤害另一些人

世界没有变得更好
1020 年是很久以前了
那年出生的人有张载和苏颂
他们是普通人，只是做了一点事
苏头脑灵活，再努力点可能会发明出更多东西
现在我的窗外是阴天
银杏树掉光了叶子
中年男人骑摩托车去上班
我想着某个人
他在和我想着同样的事

[了不起的女孩们]

妈妈和三姨坐在厨房择四季豆，葱，莴笋
从前她们总是饥饿，吃红薯，玉米，在生产队做工
外祖父是个冷漠的男人
他要女儿们早点嫁人，把舅舅赶到柴堆上睡
夜里她们偷偷给舅舅送吃的

三姨嫁了三个男人
二十岁被人贩子卖到江苏
后来逃跑，带回来许多旗袍，耳环
和第二个男人生活了十年
现在她有一个傻儿子和上中学的女儿
她说在江苏的日子最快活，她想找到那个儿子
但只记得一条蓝色街道
“你以为他会和你相认吗？你和从前一样愚蠢！”
“二姐，你说话能不能不要这么伤人，你又好到哪里去？”
她们争吵，互不相让
结婚，生子，脸庞衰老，她们和童年一样不幸
可她们活下来了
洗净蔬菜，像童话书里的妇人那样围着火炉煮食物

爱是有形状的（组诗）

◎李看

【作者简介】李看，本名李芸慧，生于1997年，江苏徐州人。作品发表于《扬子江》《汉诗》《三峡文学》等。

[爱是有形状的]

那么可爱、聪明
你张开小胳膊，向我索要抱抱
天上的云朵，被你一指
就亮晶晶的
你说，爱
是有形状的
因为爱——
每一滴水都渴望飞翔
妈，你知道吗
今夜的梦里
你是我九个月大的女儿
因为爱——
我们成为彼此的妈妈

[在一首诗里]

阳台上的吊篮里，吊着月光
我坐着，有琉璃的质感
夜晚幻化成一颗巨大的琥珀
我将自己，模拟成一只昆虫
静止在一首诗里
并试着去理解什么是一首诗的瞬间和永恒——
“它的复眼知道无数欲望”①

①引用胡弦的诗。

[春天了]

我无法像一株屋后的草，一朵
门前的花，婆娑着身姿
欢迎你。不能像

香椿、嫩韭、青笋，为你递上
可口鲜美。不会在细雨中衔泥，给你遮风挡雨
更不能于暖阳下，为你
嗡嗡采蜜。可我仍旧，重复着
春天了，春天了……
仿佛这样经文般地
念下去，就会让世界发生一点奇迹：
譬如，某人会和你一起远道而来
譬如，两行缓慢的脚印
在泥泞的路上，越走越小
走成，两排唇齿相依的吻痕

[暖 冬]

1
你恨过的一切，终究会
重新爱上。曾经那么惧怕
冬夜的瑟瑟发抖，现在却
无比怀念。那个腊月
犯了错，被责怪，又被原谅
那么冷的街头，那么暖的怀抱
那么相依为命的两个人
制造了一个，那样的暖冬

2
在寒冬来临之前，请为我
备好木屋、炉火、棉被
备好无数句“我爱你”
你备不好的，我来备
——我是个笨手笨脚的女孩
请原谅！也许备好这一切
已经是盛夏了
这没关系，哪怕我耗尽青春
都愿意为你，备好一个
暖暖的晚年

3
这个冬天，我写下很多情诗
每一首，都是棉质的
每一首，都像一针一线
缝补而成。我这样的女孩，没有
太好看的容颜，没有惊人的才华
只能笨拙，粗陋
一个词，一个词
缓慢地表达。只能像一个
乡下女孩，羞赧。甚至
满脸通红，偷偷地
给你织一件松垮垮的毛衣
像是一封，漏洞百出的情书

[你并不是我的谁]

“早安，亲爱的，抱抱……”
你的周围带着晨起的烟雾

房间仍未醒来
在说着梦话：我喜欢被爱褪去的衣服
　在青春的身体里厮磨

痴人说梦啊——
多少房间的床上已经鲜有爱情
那些横陈的身体多么疲倦
他们身份不明，他们同床异梦

你鼻息轻颤，声音低哑：
今天，我们不种草莓，我们种白玫瑰
种郁金香和蝴蝶兰

我躺在我房间的床上
你并不是我的谁，仅仅垂直于我的想象

一个人行走在雾中（组诗）

◎赵星宇

【作者简介】赵星宇，生于 2000 年，四川南江人，原点诗社成员，现大学在读。作品发表于《中国校园文学》《诗刊》《星星》《青春》《草堂》《诗歌月刊》《四川文学》等，入选部分读本。参加首届全国大学生诗会、《星星》诗刊青年诗人座谈会（2020）；曾获元诗歌奖、四川省首届校园文学奖、《中国校园文学》2020 年度大学生诗人等奖项。

[生命的静词]

鸟儿是天空的一个动词
而在这里，一只鸟儿
成了树上的名词，同是羁旅在这座城市
我有无尽的悲伤，却从未向它
交付心事，可能这并没有什么意义
灰蒙的天空下，这位我素不相识的旁观者
持续喑哑，在飞离枝头时
抖落一地忧伤

[父 亲]

月光照得大地雪白，只有
影子和大山，交出它们坚硬的棱角
走在无人的小路上
风声那么紧，我像一株枯瘦的稗草
一步步走向大山
在我即将倒下之时，有人喊了我一声
我并无应答，恍惚间
大山发出沉闷的声音，像是呼吸
伴随着，一束微弱的光
轻轻将我驮起

[石 头]

我从未认真地抚摸过一块石头
一块落在低处的石头，在夜色降临之前
站在裸露的荒野上

我试图，将它举过头顶
抚平它身上羊群和凿子带来的疼痛

这块沉默的石头，在夜里变得坚硬
仿佛我逝去的亲人
一直长眠于地下而突然醒来

[行走在雾中]

山峰削去棱角
一个人，行走在雾中
咳嗽声打破久违的寂静，不断有人
从雾色里迎面走来，在短暂的相遇后
即刻涌入另一场雾色
目光穿过，那些肉眼可视
或虚无的事物
并未看清它们的模样
灰白的世界里
我加快脚步，路上遇到
独自在桥边抽烟的老人，他右手上的
那一点火星，怎么也点不燃
我们彼此，湿漉漉的身体

[黎明之前]

我在云朵里入眠
锈色霞光，在天边缓慢打磨

山脊上茫茫碎雪，还需清风吹扫
风声那么紧，在朴实、至苦的人间
白了枝头

一切都刚刚好
光醒了，拖着长长的尾巴
我也醒了，一只鸟儿站在我的眼前
但我不愿睁开眼

——美好的事物，在天上

中坚
Major Force
Cao
Tang

泥与焰之舞（组诗）

◎巴音博罗

[烧窑笔记]

点火的一刻，整个窑堂亮了起来
泥胎和肉胎都有了些许颤动
就像冬天降临，白霜的刀刃剔骨
道路上有了雾霭，有了群山拨动琴弦
并发出沉沉回响……哦，大地！
收割后光秃、荒凉的大地
此刻将开口说话，告诉我们寂静的含义

而火焰在舞蹈，熏黑的窑堂开始歌唱
一条烟的道路将通向遥远岁月的尽头
通向我的出生地——那是尘土，是泥与焰的
欢爱，是我和众师傅同时仰起的汗脸
是整个冬天漫长而孤寂的等待！

[火，火，龙窑的烈火！]

一

那么多金色猛虎扑入怀里，那么多咆哮
撞击胸膛！

像一剂毒药，相互融入对方的躯体
在灰烬面前，再也没有什么
可以毁坏我了
我已失去疼痛的本能，隐入虚静之中
阴影，是无法再度爆燃而黯淡下去的叹吁

我要让那舞蹈的足掌在针尖上奔跑起来！

如果今晚，我能养虎为患
如果大地上的人群，与火也仅仅一墙之隔
我要以三万颗汉字作为我耐烧的砖
我喂火以肉，让火焰带着雷电漫山驰骋
斑斓的虎皮啊，我已嗅到硫黄味儿了
我已在火焰的红屋顶安家落户了
我不是断肠人，我只是委身于火焰枝头
渐渐变轻和坠落的花朵
我赤裸着，成为一个闪闪发光的词
我要烧掉我身上多余的皮肤、赘肉
成为玉一般的骨架，成为红宝石一般的心脏
大地因此而荒凉，火焰的衣衫长满疼痛

有人在炭火堆上提刀疾行！

二

我热爱一切能让我在炉膛中奔跑的事物
在燃烧面前，我要将自己变成鬼魂
我是以炭现身的人！

三

今夜，我还是听见了北方的心跳
他们说：释放你心中那只绚烂敏捷的豹子吧！
我的身上全是银针，我的骨缝里
全是畅畅欢流的雪水

我已把那堆火
寄养在山巅下黑黝黝的人群的体内……

四

仿佛是从思想到肉体的一次控诉
烧窑之夜，我近乎半人半神
我身背宝剑浪迹天涯
我的锋刃沾满清香的白霜

我提前衰老了！

五

我想向火焰借一间屋子
火焰却还我一头豹子
我想向火焰赊一架山
火焰却还我一座空坟
我哑巴了……

六

在生死存亡的关键时刻
我要用伫立于黑炭枝头的壮士守卫城门
我要用咆哮的猛兽
牵引霞光

花儿开满十个指尖
流水绕开内心的石头
大风将慈悲搬离山冈……
哦，夜叉和山鬼抱着一坛酒
正从容入眠
而那盛酒的陶器已然醉倒
火星哔剥的词句，慢慢坠入梦境

这龙窑的琴呀，至今已无人弹奏！

[当远方在你脸庞上升起火的光芒]

一

当远方在你脸庞上升起火的光芒
我泥浆淋漓的双手将握住并分开
那硕大而隐秘的
陶与瓷的
土地

一个声音在黑夜的尽头遥遥呐喊
一个沉重的、略带惊慌的声音
一个照亮这俗世的词
是上过釉水的词
是死去又活过来的
我的前世！

二

从此不再有风
整个窑场是人类苦难的废墟地
烧过的器皿成群结队蜂拥而至
圆润或残损的肢体上有伤口
亮着秘密的灯

你说，我们用双手抚摸过的土地
不再是疆土，我们用松柴焚烧过的肉体

没有了石头的质地

你说，我们还有多少鲜血可以浇灌
这日日之器，还有多少骨头可以
磨成明亮又锋快的刀戟
啊，无法幸存下来的人啊
都将在这过于明亮的日子里
一一抵达

三

当白日将尽，人会自己将自己打开
树木开始谈论死亡，晚秋的叶子
被季节的伤口照亮。石头沉下脸
看见溪水在一座巨型山峦的背阴处
叫喊——

谁，正从岩石内部缓慢走出?

四

透过闪着炭火的窑场，我又一次
认出你——那风雨交加的荒野
风掠过你遗弃的骸骨
北斗七星在穹隆上颤抖着
叮当作响

今天我塑下的，是一股有着孕妇腰身的泉水
草在她的四周急慌慌生长着
风撕烂诗篇，牙齿零落成泥
乳白色的装饰土淹没了那张冷峻的俏脸……

五

这不确切的美好生活
这汗水、泪水、鲜血和歌声浇灌的大地
这玉米和高粱生长出的北国土壤
正渐次嵌入遥远的祭祀的节日狂欢
像一匹布料翻滚着抖落开那印花的传统图案
大红的牡丹、大绿的叶子和粉白色鸳鸯……

而母亲正蹲在地上掩面哭泣!

[烈火中的罐子]

必须经过那火
必须以整个灵魂朝向熊熊燃烧的大火
火已是这世界的中心
而罐子则是火的簇拥之地
必须向火而生
必须以火为食，以火为衣，以火求渴……

火在跃动
一簇火上起码有一千只手掌的抚慰
一根烧焦的木头起码有一万列队伍在行进
火星哔剥，马匹嘶鸣
而罐子巍然屹立
像壮伟的花岗岩山峰

那是我们这个世界的大脑，在火中沉思的
一位哲人，他的面容有如绚丽的花朵
他的牙齿如宝石，他的舌头是柔软的诗句
是一架朝向寒冽天穹攀爬的梯子

所以我说，必须取消大地的平坦
河水的波纹，必须让阳光下的影子
轻轻升起，让夜晚的睡眠滑过额际
必须在北方，重建一个大海
必须让罐子中阴郁的海水，染白屋顶……

我偶尔古老，我长久新鲜（组诗）

◎ 华万里

[在南山看樱花]

樱花开在南山，爱情的天气很好
我胆怯地起步
生怕前额触到你性感的斜坡

“不要回避！”南山这样说，樱花这样说
这粉红的语言，好听极了
你肉质的花瓣
今夜肯定像天堂

我登到了山腰，齐胸的樱花
等高的爱恋
因为你的妩媚，冰雪怎能放入你的掌心
因为你的含笑
夜像一本书，不愿过早打开

手抚花枝，温情一股股传来
山禽的飞鸣，加深了
人的寂静
此刻，美丽好，错误也许更好

樱花睡了，但香气没有被赏花人嗅走
我辗转难眠
收拢四散的空隙，仿佛遥远地亲了一下
然后，口唇更为邻近

我竟失声说出：樱花
你是我初夜的新人，你可听清了
枝条上雀的低语
每次心跳，胜过春风十里

樱花开在南山，喜悦已不向北
我依着你的嫩肩
忘了幸福里的黑暗，诗句不再寒冷

[告诉她们]

告诉我所有爱过的花朵
我正在为她们
疼痛

只有蝴蝶和蜜蜂才是我的知己
只有爱
才能使我肝肠寸断

一粒露水也能砸烂诗篇

当它从琥珀中滴下
这千年的沉重
胜过预言

我没有在花心指定黑暗

告诉她们
春风无限，我爱过的所有花朵
都是我一生的骨肉

我有时在梦幻之中，有时
在梦幻之外

我偶尔古老
我长久新鲜

所有的花朵我都爱

有色的，有毒的，有误的，有刺的
我被她们磨损
又被她们再造

我浸透太阳的光芒和月亮的清辉

我在自己的泪水中
翻滚

我在花朵的子宫里
成为星辰

告诉她们，香气在惊叫
在回忆
我沉默如花粉

爱情只拯救它自己

我看见了芍药、玫瑰、茉莉、水仙
我看见了美

她们教会了我
如何对待鲜艳的问题

我不罪孽沉重
我只花色浓厚

蕊像一堆黄金

废墟被花园替换，银翅红雀
用叫声
照亮灵魂

我仍在不停地念着：告诉她们
告诉她们

[爱情让世界闪光]

我对爱情很客气
时常
同爱情，轻声说：“靠近点！再靠近点！”

于是，我们像爱情，面对面
坐于石桌两旁
喝咖啡
谈诗，听紫藤花簌簌而下

亲爱的，不要让爱情太悲情
太绝望
用花填深渊
用泪洗锋刃，而金合欢正在为我们盛开

白云轻松走路
一百万个痛苦，面对我们的晴空
全等于零

爱情也有开花吐蕊的喜悦
结果的艰辛
就如我整天微笑之后，落日上
会褪去你粉红的指纹

不要让爱情很快成为句号
变作疑团
红顶雀，因刻骨的月色，把恋
啼为黎明

我们，不相信花心中的黑暗地址
蝴蝶来时，光亮陡生
露水滚动如珠玉

亲爱的，我将灵魂赠予爱情，赠予你
不是部分，而是整体
因为
爱情让世界闪光

噢，我对爱情更加客气
时常，对爱情
轻声说：“请！坐吧，喝咖啡！”

[我的爱像野花一样迎风而开]

我的爱像野花一样迎风而开
迎风而散
妹妹，你可听到我刻在石头上的叹息

爱情通常是红色的，我面庞上的夜
从此容光焕发
而且，只有一种认定

妹妹，爱一个人往往比爱一把刀还难

我真想为蝴蝶换件衣裳
我真想对蜜蜂发问：一朵花里有多少
雪的遗嘱
有多少雀声的晴蕊

妹妹，野花与爱情非常的折磨人

特别是它的那种红，疯狂的红，反复的红
令人不安
就像一件着火的事情

还有它的野，野得干净，野得愤世
即便花茎的骨头折断
也在所不惜

妹妹，这样的花开多么痛苦，多么难得

我就是这样的野花
我就是这样的怒放年年朝向你，涌向你
花开花落
都是新的婚期

妹妹，妹妹，花瓣快要淹没了我们

日暮颂歌（组诗）

◎育 邦

[草木深]

——兼致杜甫

大江中，你的眼泪在翻滚。
失落的火焰，在水的呜呜中燃烧。

万壑沉默的额头，契刻
你黯淡的戎马，你熄灭的烽火。

迟暮时刻，你退隐到栎树上，
夺取帝国的草木之心。

棕色的瞳孔，倒映着
山河故人，骷髅与鲜花的道路。

纸做的白马，你的孤舟，
缓缓穿行其间。时而停下。

浊酒之杯，放下又举起。
每一片树叶，从高处凋零。

哀愁的祭坛，一朵停云。
在头顶上徘徊，从未离去。

你从渺小的群山走出来，一直走，
一直走，走到永久那么久。

[日暮颂歌]

夕阳的轮毂，驶过
遗骸森林。
哑巴，坚守着岗哨，
他寂寥的归程。
避开围观的目光，
桃花含泪绽放。
看不见的客人，
卸下羽翼，

钻进黑夜的睡袋。
饥馑火焰，
越过山丘，越过阴影，
点燃延绵的长河。
血色黄昏中，
我们认领——
又一个江南，又一个
落花时节。

[栽 柏]

——过方孝孺墓

我栽下一棵柏树
用有限的鲜血，浇灌
祭坛中的迂拙——
生命中险峻的潮汐
六月里沉默的玫瑰

我堕落的口舌
渴求鼎镬，缥缈的荣耀
刽子手吹灭闪烁的明灯
在没有黎明的聚宝山
守护尘土黑暗的秘密

我脱下我的帽子
梦见大江，升起
我高贵的子嗣
正穿越大地的面纱
从人世的剩骨中，品尝
清凉，死亡的欲望

[请 求]

把原来的嘴还给我，
我要喝水。

把失落的双眼还给我，
我要巡视我的渺小王国。

把那把残破的瓦刀还给我，
是的，泥瓦匠的活计使我安心。

把愚蠢的权力还给我，
我要在梦中沉睡，永不醒来。

哦，羞于说出战栗的少女。
那是寂静的水蚌，最后的请求。

[路德维希·维特根斯坦]

作为单数的人类，你深陷于
一九一八。午后，
死亡，像雪花一样飘舞。
时间之外的骑手，驰过雪地。
重复的梦魇。
你用愚蠢的笔，
建造一座孤岛。

一望无垠，尘世的海水……
淹没砾石的爱与坚贞。
移动的坛子，装满欲望，
病毒，壕沟，以及墓碑。
在战俘营，你写下罪恶。

主啊，请宽宥肉体的软弱吧！
无数的眼睑，在黎明前熄灭。

比凛冬更残酷的……“精神的存在”。
真理星辰，孤悬在寥廓的夜幕上。
第二天，你与上帝一同醒来。
掘墓人充满劳绩，停下铁锹。
绿色虹膜中，正飞出一群鸽子。

晨光及其他（组诗）

◎姚 辉

[夜]

草虫拥有多种秋天

叶子把部分苍穹送向疾风左侧
叶子　有偏转的光芒

风斜　一种星
即将升起　其他的星
试图代替果实

而虫子也可能成为果实

虫子在翅尖悬挂过
椭圆形黄昏　风
途经云与山势构筑的
怀念　或许只有云
能更换
熟悉的山势

云拾起过
大量吟唱的叶子

一条狗与另一条狗
相遇　它们有

尺寸近似的未来

它们让灰色之月
融入　风与虫
狭长的往昔

[晨 光]

父母的山系　总与
旭日有关——

最暗的云藏着最远的传说
椿树摇晃　旭日必须
先抵达树根　才能
从云里区分祖先的凝望

祖先仍旧被堆放在梦境中
参差的祖先总让人陌生
一个坚毅的祖先
背负大量灰黑的石头

旭日需要更多石头
旭日将光芒搁进疾风
它将忆起
风与石头的未来

我听见高粱在山中奔跑
然后是躬身的稻穗
长鸣的鸟　狗和
红薯的警觉　以及
大地固有的秩序

而旭日已触响
多种虚构的河岸

[马]

汗血马自朔风中归来
它挤窄了偏北的黄昏与寒意

戈矛堆积的史册
经不起最轻微的嘲讽
马扬起长鬃　只有马
能让黝黑的甘苦成为历史

人影被马的嘶鸣覆盖
马是孤独的　它拥有过
太多的痛与天涯

它携带的旌旗不断生锈
它还将属于
哪一种酸软的旌旗?

它还更换过谁的故乡?
朔风转了一个方向
马　会在哪种时辰遇见
灰白之雪?

马让尖锐的黎明变得陈旧

[在山中]

记错这些山名
你就开始辜负秋天了

风延伸得太远
但仍会给女儿留一条
陌生的道路

山　请承受风的遗忘

我沿两条狗交错的方向
进入山色　风
还将给我更多方向

谁会遇到那个焚烧阴影的人?
他也叫错了你的名字
他将一些烟雾
赶向黄昏

他会对谁说起
泥墙右侧萌芽的风?

风将越过最远的季节

[秋日辞]

低觑：遗忘者仍在数
水底的石头　风
即将成为石头

一只远行的鸟习惯了告别

默诵风声的人想让那只鸟
归来　他出让着
谁失败的勇气?

水面浮现种种字迹　我
经过黄昏时　落日
再次活着　它那么苍老
却依然擎着
所有起皱的痛——

落日忘记过更多祝福

[河]

河在回答自己的疑问

岸一退再退　大河不只
属于一种雨意　如果
再送风几块石头
河　该如何压住浑黄的
各种水势?

坍塌的晨光被堆砌在
河面上

河放弃过谁的梦境?
那向水索要星空的蝴蝶
再次出现　它向东
飞翔　然后返回
水滴左侧

河记住了自己的往昔

自然笔记（组诗）

◎李永才

[伏龙观掠影]

伏龙观的影子，被暮晚的夕照
斜斜地剪裁出来
装满袖口的红尘，一路抖落
一些滔滔不绝的日子
删繁就简，只剩下楼阁、空气和水
如果再省略一点儿
就只有一种孤单的底色，定格在
一条河的唇边上
黄昏时刻，落日像一匹老马
走下山冈，走进了那一树树古木
隐藏的深潭。一桥锁伏龙
多么逍遥自在。仿佛类似的光芒
照在与它平行的影子上
那个孤单的影子
停留在这个夜晚，与苍松站在一起
就有了黑白版画的格调
春风如何造次？倾斜在屋檐下的影子
走着走着，窗格上的枯藤
就长出了新绿
如果是秋后的清晨，你一定会发现
落在树枝上的影子
是一只寒鸦，以悲伤的歌吟
将英雄的剑气，撒向十万里河山
而这仅仅是，一个人的影子
对自己苦劳的命运，做一次平常的对视
当阳光徐徐铺陈，这个城市的版图
一缕秋风打开了一扇窗户
喜雨楼上的椅子，为我提供了
一片秋日的宁静

[姚渡的秩序]

姚渡，有一种水质的生活
山谷与乡途，都是客家人的儿女

在语重心长的叮咛里
世代延续着，这一小片稻粱和水域
一圈大过一圈的涟漪
选择我偏好的角度，走进姚渡
有一块小小的平原
可以种植菜园和待开的油菜花
一棵树的蝉噪与丛林的幽静
引领万物的秩序
一条溪水，或宽或窄，或急或缓
被命名为西江河，这是客家人
为一种遥远的流向，增加某种辨识度
无关乎临河居的阳光
是否每天都年轻。我沿着一棵常青藤
走进果实一样的凉水村，一些生活的细节
扩散在东家的阳台上
不管流水与时光，怎样倾斜
总有一些美好的叙事
让匆匆而过的鸟鸣，情不自禁

[每一片秋叶都是一次倒叙]

逆风而行，不妨虚构一些幸福
比如一个人看落日
听犬吠于深巷。让深秋的影子
折叠在窗前。多少雨夜
包含青春的汁液。赋予修行的少年
蝴蝶一样的勇气
谁是你的秋天，已无关紧要
风吹鬓白。你的前方
鸟儿正回归来路
一个人放弃挣扎，像一棵皂角树
站立在蓝天下，过着另一种
不为人知的生活
我的现实，落叶纷飞
每一片秋叶，都是一次倒叙
翔实而具体。枫叶红了
好似要表达，一场清风明月

[故乡的光景]

那些远去的烟火
都是亲人的落寞，离别竟成了
我苦涩生活的一部分
需要说出来的
——已经成为飘逝的尘土
似同丢失童年的怀想：
野花似火哟，燃烧春天的芳香
秋日蓝天下，熟稔的稻谷
有一种纯美的秩序
暌别已久的故乡，真有那么远吗？
一个回家的游子
再次嗅到陌生的气息
最美的民谣，流淌在辽阔的田野
风吹草舞，瓜熟蒂落
农历的节气或许就是这样
一株野菰草，在田间反复生长
请原谅我的不速而至
我的感动来自人间烟火
从寂静处长出的，五彩缤纷的草木
虽然仅限于古朴的仪式
但在归途之人眼里
不失为一种最好的时光
这是我的恍惚，充实，或者虚无
需要重返故乡的光景

[菊儿胡同]

橘子黄熟时，一条胡同表情凝重

比一棵老榆树还深沉
多少纯粹而经典的传说
被时光刻画成一圈一圈的年轮
历经风吹雨打
就演绎成了老北京脚下的暗红色
与这些色彩相关的
是并列两侧，或大或小的四合院
总体上都保持着，安分守己的姿态
一排排或高或低的院门
有的开着，有的闭着
低眉顺眼的样子，让人心生怜惜
除了那些色彩，似乎再没有什么风景
可以进入我的视野
依旧是穿梭的南腔北调，与浓厚的京腔
在巷子里交织。小曲听顺耳朵
梅花香过红颜。一些陌生而性感的影子
在路灯下交头接耳
让胡同的夜晚，有一种魔幻主义的意味
在这样深情的地方，一切从梦寐开始
许多动人的故事
已失去了精彩的情节
仅留下一些破碎的皱纹，在墙头上纠缠
传统与现代，每一次碰撞
都让人失去审美能力
哪一种风景，更有可能成为
明天的封面新闻。老榆树上的麻雀
稍纵即逝。始终难以做出
最后的选择

[黄鹤楼上]

我耳畔的快乐和忧伤
被热闹的涛声带走。就像鼓刹的钟声
带走了一天的阳光
带走一只水鸟，千年守望的梦境
一个和雨季相关的秋天
多少次辗转反侧后
无数英雄的斜阳古道，被时光之手
反复折叠，再次成为穷途末路
一拨人迎来锦绣山色
一拨人又送往绚丽烟波
黄鹤楼上，回望万里苍茫
已看不见，故人挥手的影子
转山转水，多少零散事
都消弭于逶迤之中
谁还会去笑谈叩门之忧
登临之喜?
看岁晚江天，鸟语低飞如落叶
寂寞不过水上的渡船
一来一往，流水就渡过了
几个黄昏。越过了
几座空山

[稀疏的人间]

稀疏的人间，香樟树淡然
安静如斯。困顿和局促是最适宜的
像屋檐下安静的懒猫
十月的香樟树下，空气混浊，潮湿
我无法精确地描述
城市的形态、感受及每一个场景的风格
视野所及，灰暗的墙上
黄昏散漫，被时光刻成余晖
此时此刻，心系一缕残阳
或许是最好的结局……
据我观察，南河像一条跌宕的弧线
被某种手法反复虚构
所有的波澜壮阔，都无法改变

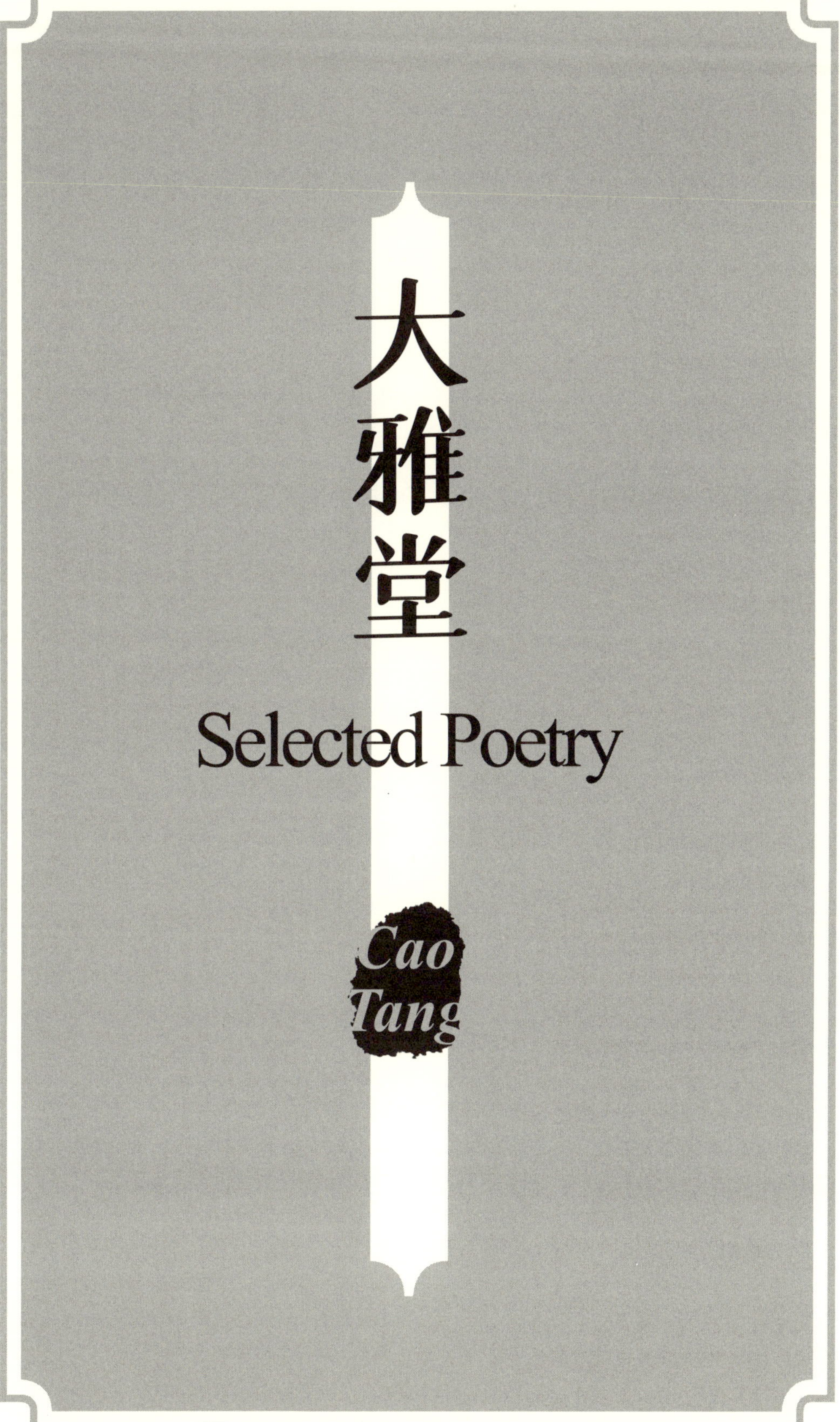
大雅堂
Selected Poetry
Cao
Tang

人间草木（组诗）

◎葛筱强

[冬天的山楂树]

她落光了叶子的样子，真美。

她站在湖畔山冈积雪的深处的样子，也美。

如果从村庄的小树林中望去
我还会在黄昏的坠落中，看见她
曾经扎着红头巾，满脸羞涩地

向我跑来。

[海棠，海棠]

我更愿意在心里反复朗读
你童年时代的乳名

也愿意用湖岸上的月光将你侍奉……

时间是一把可变的钥匙，而你永远
把锁孔里的虚无全部容纳

我更愿意相信，你身体里积攒风暴的
寂静，永不会被明亮的石头
在黑夜中说出

[关于蜡梅]

直到岁暮，我们才明白
时间可以加速，却不能使其消亡

直到夜色降临，我们才能够
让月光的节拍次第展开

生活的真相真是难以想象
我们只好在湖水结冰的明信片上写下：

唯有蜡梅，才能够让我们得以度过鱼群
　寂寞的寒冬。

[忆铃兰]

仿佛她就是命运中最不起眼的一只铃铛了

当我以北方平原的冰雪为背景
又一次在自己的身体里把它唤醒

我是否就能够在略显放肆的臆测中
完成对自己一生的所有想象？

那攥紧拳头的光线并非全部来自天堂
倘若我在写完一首诗之后，能够又一次
平静地迎接生活的迷雾

倘若我还能够赞美自己仍是一座孤岛
或仍是一小件悲伤

[梅]

总是莫名地想起那些遥远的雪
只有从我的骨缝里出发，然后才能
抵达一座空山的背后

总是在黄昏之后，想起当年手中折断的梅枝
上面犹有三两朵浮动暗香的旧梦
隔着明灭可见的灯火将我凝望

只是啊，所有一醉再醉的生活
最终都将回到夜色落下帷幕的凹陷部分

只留下一闪而过且永远无法愈合的一段旅程

家在东北松嫩平原（组诗）

◎罗振亚

【三伏天祈雨】

松花江和嫩江都流淌于书上
那条叫讷谟尔的河汉子
也住在三十公里之外
黑土地因干渴张开的裂口前
跪着上百双虔诚的膝盖

瘦弱的玉米小麦耷拉着头
老马拉紧沙哑的犁铧忍住嘶鸣
毒太阳仿佛钉在了头顶
门前看家狗伸着舌头一动不动

“冰棍儿——冰棍儿——”
杨家二丫水灵灵的叫卖声
才让患上消渴症的村庄
睁了一下恹恹欲睡的眼睛

膝盖们还在祈祷着
雨却迟迟没有来

【父亲的夏夜】

田边　阵阵鲜脆的蛙鸣旁
蹲着他和月光

烟袋锅一闪一闪
六十年的日子被依次照亮
倾听着玉米拔节的声音
一股醉人的橙黄之风
缓慢地吹向看不见的远方
童话砌成的那间小木屋
已容不下儿女们膨胀的青春
和日渐成熟的太阳
红头绳含泪的哄骗
早已系不住小孙女的渴望
日晒雨淋的牛棚
也对不住黄花儿疲倦的瘙痒

星星们睡了
他却仍在冥想
梦太多了
那个风干已久的秘密
正在使心叶公开膨胀

田边　他和月光
蹲在阵阵鲜脆的蛙鸣旁

【大年夜下起了雪】

爆竹开花的欲望终于歇息
经年的风灯仍在闪烁
在孙儿波澜不惊的梦话里
大雪为村庄穿上清凉的外衣

村庄住在高纬度

雪就成了多年稔熟的邻居
它每隔十天半月
总会来一次或长或短的叙谈

黑夜能阻断太阳的道路
但却挡不住白雪的翅膀
白雪　请依次告诉春风春雨春花
在广东“就地过年”的媳妇儿子
一切尽可安心

孙儿很乖天已转暖
村庄无恙田野无恙
空气和人心也都无恙
村前老榆树枝杈的眺望间
又系满了祈福的红布条

老邻居　你慢慢聊吧
听着牛棚黄花儿的咀嚼声
在奶奶甜甜的轻鼾里
一道飞机的身影从空中滑过

[马铃薯故乡]

马铃薯的名字太文气不好记
故乡讷河的人习惯叫它土豆儿
或是黄里透白的肤色认同
孩子都爱它软软面面的味道
看它端坐在名古屋的货架上
像遇见他乡重逢的亲人
我一下把它抱在怀里

黑土地最对土豆儿胃口
种子栽到地里再喝点水
就开始不分昼夜懂事地生长
该发芽时发芽该吐蕊时吐蕊
紫色的小花瓣儿簇拥在茎上
日晒安然风雨不惊
招蜂引蝶是芍药牡丹们的事

秋天的犁耙一过
像土地纷纷敞开心事
家家田垄上果实累累
然后土豆儿静静走进地窖
准备喂养北方漫长的冬天

秋收时四面八方的采购者
让二十世纪七十年代的乡村
认识了各种汽车的表情
孩子在懵懂中意识到
讷河之外还有哈齐牡佳
以及更大的神秘之力

黎明漫步者（三首）

◎李之平

[漆器。从童年时告别]

九岁前，老家正房长久立着
两个大漆柜，一个黑底，一个绿底
我时常盯着它们身上的图案

只有它们连通时间远方
一线光冲开封闭山村
世界腾空于立柜
并穿越我

九岁迁移新疆，两座漆花立柜

从我生活中消失
斑驳记忆——一身来自
清末民初的手工
作为我最早美学启蒙

花朵，云层，人物。这些模糊形象
与日后马王堆墓的升天图重叠
也与文艺复兴早期
拉斐尔的基督飞升画相映照

触摸它们的光影，眼前浮现
遥远故乡，那俩漆柜据说
已经斑驳，看不出花纹。甚至
成为柴火，成为尘土

只是多汁的泡沫，无法消散身上的浮尘
记忆刻印根底，四十年后的清晰记挂
它们在我身体里的投影继续漫长行程

甚至只有继续对着家中一个紫红色漆盘
才能释然童年那份散失——
那是购置于马王堆汉墓所在的湖南博物馆

让我有充分时间
真正研究它们的纹理，那些无法具形的曲线
鱼身一般的扭动。旗幡在高处
引领升天之路

挣扎在底层的人们
本着光，那层救赎的光
并不遥远，充满安详

[黎明漫步者]

语言学会表达
词，编织了梦境
夜风轻微吹过
语言顺着它的方向流过来
落在我们眼前

心和眼刚好触摸到
像柔滑的粉团
软绵绵的毛悠草打在脸上
我说，多么好的感觉
从未如此柔滑，从未如此顺意

那是顺风送的
湖水飘的，柔顺，轻曼
没有火气，戾气，浮气
爱与生活，仿佛从未受过伤害
也不想受害于人

肉身终于超脱和坚定
没有意外了
这么呢喃着，月色到了彼时

[夏 夜]

盛夏夜晚，喧嚣声淡下来
阳台植物们安守一隅
像人一样谈论思想

音频和节奏
属于每一片叶子，每一朵花
解释着词语和逻辑

密集深邃
压低存在的一切秘密
它们在隐缩信念，敛含姿容

表达过的
都是真实幻影

它们在那里，也不在那里

静夜，沉着的呼吸
顺便探望过去
爱恨情仇已熄灭
茶杯里奋力摇动逃跑的影子

是啊，心灯起
万事明
我们的时代自有洞穿的枯寂
不辜负流星来去的印痕

乌桥港的前身是大竹林（外一首）

◎北塔

乌桥港的前身是我们家族的竹林
一眼望不到边。春天嫩黄的笋尖
炖鸡蛋羹是奶奶留给我念想
一生一世的美味。暑热的魔鬼
大军从未曾攻破这个万竹阵
受到千万杆长枪的保护，毒日头的
独眼从未曾发现藏匿的小孩

那粗而壮实的是支撑茅屋的栋梁
是长篙从水底把小船推出小港
那细而坚韧的常跟尼龙线结缘
一起去垂钓，像一对渔夫渔妇
有鱼上钩，就愿意把腰弯到水里

我在竹林里打中觉的时候，尤其
在掏鸟窠时，曾不止一次被玩伴
一样的竹叶青蛇突袭，我的童年
曾被咬伤，我的美梦曾被咬破
皮肤上曾留下细小的牙痕和血印
然而我还是喜欢看着竹叶青
袅袅如一缕青烟，凉凉地懒懒地
爬过一根又一根竹子，像水蛇
穿过一道道波浪，成为涟漪

[竹林里曾有我祖父的坟]

无边的竹林百年如一日保护着
我们家族的祖坟，直到有一天
中午，父亲带着三岁的我、铁锹
笤帚、火钳、老虎钳、榔头和甏
钻入竹林最深处，一片空地上
有一个坟墩。他先是铲除了坟头
又往下挖出一大堆土，露出一口
偌大的棺材，灰黄带黑的木头
表面已有点衰朽，像祖父那被
“困难时期”折磨致死时的脸色
这是我只见过唯一画像的祖父
他已在棺材里躺成一具骨架
父亲轻轻撬掉锈蚀的大长铁钉
有的撬到一半就断了，父亲
干脆把它们钉入木头的底层
就像索性把回天乏术的亲人
从医院接回老屋。父亲扫除了
盖子上的泥土，像搬掉一座小山
一样地卸掉盖子，我踮起脚
双手紧扒着边沿，迫不及待地
往里看，希望看见一个长得
很像父亲的老人。父亲慢慢地
用火钳挑去黑衣服的碎片，露出
骷髅和骨架，我一点都不觉得害怕
因为那是我的祖父，父亲的父亲

父亲喊一声“爸爸”，但是“爷爷”
这两个字到了我的嗓子眼却被我
咽了回去，因为我从未曾对着
亲爷爷叫过爷爷！爸爸小心地
用火钳夹起爷爷的骨头，一块
又一块地，放到甏里，直到最后
一个脚指头。他用塑料纸把甏口
扎紧，盖上盖子，再用塑料纸
把整个瓮严严实实地包裹起来
像是给刚刚咽气的爷爷穿上寿衣
然后，父亲捧着甏，走到一片
汪洋似的稻田，挖了一个深坑
深深地埋了下去，水迅速漫上来
那里没有痕迹，没有任何标志
那是按规定移葬的爷爷的
地点和方式。再后来，棺材板被劈开
做了柴火，烧熟了许多顿米饭
温暖了冰冷的屋子，烘干了四壁
也算是爷爷为子孙奉献了余热
从此，爷爷与我们的联系只剩下
奶奶房间里的名叫徐进官的画像

小 令（组诗）

◎刘益善

[白 雾]

并肩联手
聚齐在这远山的怀抱
读一泓静水
荫庇一方土地
是材总会有用
那团白雾透出了消息

[自 由]

自由的解释就是
愿绿的绿
愿黄的黄
愿赤的赤
你裸着青色也无妨
世界因此更加美丽

[爱 火]

爱是热烈的
火辣辣敞开了心胸
山里的爱没有遮拦
山里的爱炽热无私
青山可以做证
这一片爱火燃得真诚

[眺 望]

恨不能轻搂袅枝
沐一身洁净与清新
我们并肩而立
朝远方眺望
那淡淡的轻云
正是春的思念

[青 春]

明媚翠碧才是青春
三月花开一脸粉红
心镜是晶亮的
晶亮得没一丝杂质
淙淙地歌唱
山里的处子艳着而不躁动

[跫 音]

雨后深山落彩虹
几枝松柏翘
雾里阳光分外鲜
山悄悄桥悄悄
跫音响起
可有神女到?

[晨 岚]

远山也蒙蒙
近水也蒙蒙
远山近水晨岚中
一树白梅俏
数枝红梅带露浓
人在何处听春风

守 望（三首）

◎苟红兵

[琥 珀]

你真的喝醉了吗
在有酒的夜晚
觥筹交错的呓语
散入京师平平仄仄的胡同
感动街头巷尾
最后一滴树脂
坠落红尘
亿万年后
人们在这里
挖掘琥珀
和它包浆的爱情
却不知这一夜
阡陌纵横的相思树下
无酒的我
泪落千行

【守 望】

——一只白鹭的独白。兼致杜甫及其他

我隔水守望
你和你遗留的草堂。
柴门那朵枯萎的牵牛花
是黄四娘家千朵万朵
越过花径
最后怒放的一抹遗芳。
西岭的千秋冰雪
也不曾冷却你对广厦的企望。

我独立沧浪
沧浪的水面不起微漾。
清澈的湖底
有几缕云影天光。
倒映我
禅定的目光
和目光里对浣花溪的春望。

远处热闹的鱼虾
唤不起我对食欲的渴望。
偶尔
我也会因为饥饿而扑击
凌厉之下的涟漪
荡漾的是我生存的伎俩
和夕阳下独舞暮色的孤芳。

我是你绝句里的白鹭
飞出青天遗落丞相祠堂
从此，我日夜逡巡
沿长夏江村咏唱。
千年已去
我精瘦的思想
不残留一丝脂肪。
只是在你登高的霜鬓里
看得见我振羽翯翯
在天地翱翔！

[那一场雨]

分手的那个午后
打落梧桐的雨
伤着你了吗
同桌的我
历经海水与火焰
变得小资起来
在这座鲜花与浪漫并重的城市
优雅地转身
忧伤地离去

毕业的留言
在青涩的掩饰中
怅惘成缤纷记忆
而你的名字
辗转在舞榭亭台
终将落红

别有牵挂（组诗）

◎胡马

[命运赠予的密钥]

洗去旅途上的疲惫后，
他开始坐在山门前打量
周遭围绕的事物：
连香树、蝉、冷杉和玄武岩，
石头房子、木头房子和泥巴房子，
晚钟将栅栏和画眉
接引至一幅水墨中安居……
呜呼！世界终究由物质构成。
他意识到了这一切，
但却没有勇气面对，接受。
直到风拂过斜坡上的针叶和阔叶，
他终于发现，这漏囊竟然
盛满微光、虫鸣和神秘的鸟语。
双臂平举测量门框的宽窄，
站在门口，他再度进退不得。
唉！命运赠予的密钥
即使在梦中，也不能轻易交出。

[别有牵挂]

人在山中或许不应别有牵挂。
细腰蜂追逐晨曦而来，
是他山居中的第一位访客。
廊外，青藤爬满墙壁
灰松鼠的身影转瞬消失
像女儿去年冬天戴过的小围脖。
水黾逃离足踝，浅滩上
夏天荡起一圈圈甜美的吻痕。
山风比八月瓜更令人陶醉。

更远处，车轮卷起尘土
抛给后面的车轮
后面的再抛给更后面的……
诸般奇迹让他感喟：
下班高峰期置身于汹涌车流，
某个瞬间，他像骤停的岩石突然
失去了向前滚动的力
不知道命运的洪波会将他
卷向时间的哪个渡口。现在
脚步在漏斗中消失，
溪流刨蚀涌泉穴周围沙粒的神经，
让他在远古的海盆上空滑翔。
一转身，抚摸过的桥柱
已随晚潮到了五百年前，海那边。

[沉默和呐喊]

或许应该有一声呐喊，
唤醒煤层和花粉中沉睡的闪电，
但他终究选择了沉默，
如一株干渴的植物临风叹息：
万物并不存在，世界
不过是绝顶上的一枚松针。
秒针一颤，三千米海拔消失。
（海水留下的悬崖之吻，
是一部肉眼无法阅读的天书。）
一只蜻蜓歇上鸭舌草时，
膜翅如叶脉摊开天空。
庙前桅杆的金属表面日光闪烁，
点燃了朝圣者的虹膜。
狮，象，鹿和孔雀随缘赋形，
召唤他加入慈悲的队列。
他在台阶上蹲下身系紧鞋带，
猛抬头满眼金星，一枚上帝粒子
正在记录他一生的轨迹。
（那些台阶是信仰的梯子
向着色界天牵引虚无的枝蔓。）

[临渊而立]

林中木屋为蜂巢捧起托盘，
石英仓房储存矿穴的温度。
云在天空搬运眼泪，
像一条运河但没有起伏的河床。
只有鹰升起翼状的锚
在他头顶的废墟上磨砺，
为虚空探索一条可触摸的疆界。
把耳朵贴在三叶虫身上
他听见宇宙巨匠施予的锤击。
这与那年元旦何其相似：
亿万雪花纷纷弃他而去，
只有一朵爱慕他的少年白，
成为他衣襟上的纪念章。
舍身崖背后，她在雪地上跪下，
低声念诵古经文向山河致祭。
（脸色苍白如鸽子花，
大红描金汉服像燃烧的旗帜。）
站立一旁，他以身体为砧
替她闪烁的火焰抵挡暴怒北风。
张开双臂升起远航的桅帆，
临渊而立的人等待罡风擦亮黎明。
哦！神圣的海拔远不是
一个生活的俘虏能够抵达的。

鹅卵石有何不同（三首）

◎涂拥

[挖坑]

喜欢在沙滩玩耍的人
往往会刨出一个个沙坑
让海水慢慢浸入
慢慢填进自己某种欢喜
挖坑时并不知道
后来坑中掉进过鱼虾
也埋葬过风雨
我们再次遇到的坑
都是别人的设计
仿佛我们挖坑
从来就没有想过自己需要
也没有想到留给了别人

[鹅卵石有何不同]

想不到台湾太平洋岸边
还为我留着许多好看的鹅卵石
可以随便捡
上飞机前我却只留下一枚
害怕海洋太沉
让天空超载
我只想将它与长江鹅卵石
做一下比较
唐古拉山石头
不远千里经历亿万年
冲到太平洋
究竟会有什么区别
后来我把它放在长江鹅卵石中
没人看出异样
虽然有点惆怅
却不妨碍年年都有石头
跳入长江，奋不顾身奔向海洋

[借——]

借悬崖峭壁
坐落永宁河边
借济公扇子，在绝壁上
题刻“童子岩”
再借一副胆量
让我从河中爬出后
还敢攀登这高山
那葛藤就不用借了
年年都会从石头中长出来
尽管花儿不够鲜艳
葛根也要将石缝填满
爬上山顶我会看见
我还在那里撬葛根
咀嚼沾着泥土的香甜
那是我饥饿与快乐的童年
就不用借了，就让他
活在石头里，不再长大

人间许多隐秘的角落（组诗）

◎王馨梓

[原 生]

决定不再以美貌
取悦自己。

即使是栀子、玉兰
也不需要了。

我已面目全非。但人们
从我脸上的沟壑和文字的蛛丝马迹里
认出我来——
但这也不重要了。

我不必知道我是谁。

与一滴草上的露珠相认
需要耗尽一生的时间，我还要去黑夜里
与星星对视。

即使是沾满粪土的辣椒
我也只是按本分开细碎净白的花
结出青涩的果实。

[美 意]

拥挤的上班路上
一排高大夹竹桃虚无了嘈杂。

不能选择季节，自然赐予初夏。
种子赐予花朵。
土地赐予了，修长的身材。

我写诗，是上帝赐予的美意。
那个黄昏，你矮胖的身形拖着灵魂的暗影

从荒芜的旷野识得一眼泉水
我偶尔收获的美意
是你投向夹竹桃清澈的眼睛。

[油 画]

灰布衣，半裸胸膛
手持长竹扫帚
站在龙卷风扬起的沙丘麦粒前。
身后是空了一半的麦田
半丘等待收割的麦穗，以及
大片树的浓荫。
他站在太阳底下
脸，胸膛，麦粒，麦田，金黄的底色
浮起粒粒银白的光，汇集成
他头顶的雪——
多好的油画。如果他是父亲
我只有眼泪。

[1951]

这是一个伟大的年份。
史铁生诞生于这一年。
此刻
读着他的《务虚笔记》
他不断强调 1951
使我想到
他若还在人世
将和我的父亲同岁
一样苍老、厚重

他有精神巨库，黑边眼镜，掉漆的
红木书桌椅
父亲有明亮的水田，红薯地
和我。

[该怎样看待人世的苦]

入狱时
五十七岁。

看她现在做圣诞卡片的麻利
的确在此
站了十年。

平静。顺遂。一种神秘
自白发根部和皮肤皱褶里传递

翻开档案：
丈夫推开门，
一对蝴蝶惊慌乱窜
一只倒在长耙下垂死挣扎
一只从墙角爬起来，和丈夫补抡一耙

人间许多隐秘的角落
是怜悯不能抵达的。

我写下这首诗，有什么用。

[怎么开如此好看的花]

我说不出话。只呆呆看着
翩翩浅绿点缀褐色胸肚的蝴蝶
或者蜻蜓？宫廷少女的裙子
或田埂上小女孩的棉麻上衣。
长长深绿色垂须，老人的胡子换了颜色
长在山中落叶和灌木丛里
仿佛生于穷人的屋檐，但阳光
为它筑造了宫殿。
不能用一个词语来定义
就像海与雪、芭蕉与婆婆纳
布衣人身体里灵性的光芒
一种赞美呼之欲出时突然紧闭双唇
一种爱，止于凝视
它不应该叫空谷幽兰
这天赐的美意，生来让人哑口无言

非洲之舞（组诗）

◎蔡天新

[回 忆]

日落时分
撒哈拉上空升起
一团幽暗的火

回忆适才经过的
马洛卡岛
海面波光粼粼

肖邦正当年
却陷入一张
文字的罗网

在帕尔马城
每座屋顶上闪烁着
微黄的瓦片

[生 日]

一张蒙特利尔的明信片
在白色的手和黑色的手之间
在不同的国度之间传递

一辆仿古的邮递马车
行驶在非洲的红土地上
在一条凹凸不平的街道上

突然，两匹马停步不动
在车夫的一次挥袖之间
卡片飘坠，从此下落不明

[可 可]

整整齐齐地堆砌在
街道的拐角或少女的头顶
每一只都藏匿着
一片宁静的海洋

清脆纯白的肉围成了
一个个坚固的椭球
唯有伐木工人可以
窥见其中的奥秘

而丛林远离海岸线
如同少女的心跳
远离我们干热的身体
没有一头狮子能爬上树梢

[科托努]

很久很久以前
天使走过这座城市
人们依然难以读懂
她是一本从未打开的书

但我可以握住她
如同握住一只弄脏的小手
两次切开菠萝之王
两次伤了手指

[写 作]

为了与生活
保持一点点距离

为了能赢得
心灵的几分安逸

为了穿越沙漠
亲近死亡

为了使记忆
乌黑发亮

[告 别]

从科纳克里笔直
延伸到拉各斯
几内亚湾好比
女人宽阔的臀部

拇指和小指在跳跃
其余的三颗手指
分别指向——
加纳、多哥和贝宁

此刻巨轮在海上
载送来历不明的货物
高高的海浪远远地
令我们缴了械

途经塔克拉玛干沙漠（组诗）

◎范晓波

[远望塔克拉玛干沙漠]

沙漠是亿万粒沙子的集会
怎么会孤独呢
每一粒沙子被亿万粒沙子淹没
怎么不孤独呢

[在喀什古城]

地上是热闹爱动的现代人
地下是沉默不语的古代人

一直在眼前晃动的却是你
我走向每个街巷
每个店铺
每个庭院
都像是奔向你

[墨玉河]

捡玉石的人
从早到晚都不会消失

时间的激流冰冷湍急
也只能局部移动他们的位置

一定要通过某块石头来偿还所有
他们在河床里遗失的东西越多
继续付出的决心就越坚定

捡玉石的人
成为墨玉河里最醒目的石头

[在和田]

即便在最荒的沙漠
我也不敢像无人时那样喊叫
我清楚于阗就在脚下
绿洲和波光就在脚下
马和骆驼的嘶喊就在脚下
美丽姑娘的面孔在脚下
唐僧丢弃的一场感冒在脚下
丝绸商人妻子的悲伤在脚下
蚕的梦境和呼吸也还在脚下

在和田
千年时间一点都算不上远
有时它就是几米黄沙的厚度
有时它就是你低头时
不经意的一瞥

一场雪（外一首）

◎戴薇薇

一场雪率千军万马
指点江山
月色温柔依旧
为尘世点亮烛光
世界从未如此安静
静到听不见鸟鸣之外的杂音
梦境不再喧哗

天空空荡荡
只有风穿行其中
浅唱低吟
凌乱了芦荻的思绪
山河成了幻境
草的澎湃之音
在岁首之岸
向春天致敬

[月的影子悄悄推开窗棂]

狼烟太厚
遥远了历史
岁月饱经风霜
遗忘了时间
麦穗低下头颅
贴近泥土的脸
几枝蜡梅守望长亭
雨等在原地变成雪

谁卷起时光之帘
一把一把扬着乡愁
老花了光阴的眼
夜跟随一只鹰
俯冲寒冬
北风意乱情迷
吹乱谁的素衣

月的影子悄悄推开窗棂
一盏灯笼起伏的暖意
照亮水墨渲染的江湖
故乡在一把古琴的怀里
绽放思念的涟漪

所遇（三首）

◎黄晓华

[古堰画乡]

画馆民宿模拟巴比松小镇
瓯江边想象比游人还多
古渡口，千年香樟分享了天空愁绪

青山作远山，绿水为近水
几只舢板被安抚在水中
松荫溪分叉像剪刀
滩林写意为剪纸

剪出金鸡菊渲染木栈道
刀刃上流水不只往低处走，更隐入地下
越隐越深，河道里草淹死了水

涵桥、文昌阁、卵石小路
仿佛从枫丹白露森林梦幻而来
通济堰拱坝，像弯弯月牙
在镜中咀嚼了千年
白鹭修补残缺月光

磨盘告别了田园春晓
听雨逸兴消磨在画中
不愿参与棕榈丝在雪杉上编织暖巢
一只夜鹭听从印象派召唤
奋力飞过瓯江遁去

[白银谷所遇]

白银时代结束后，水声就是
打捞月光的挽歌。日出云海

夏虫先于夏天到来，在毛竹肚里受孕
在冥岭腹中成长

红隼在长叶榧上独立
远观和近察，它发现
穿黑衣裳的并不都是乌鸦

老泉井依旧荒废，开矿人营地
依旧照见四百年颓败
矿坑废弃皇权，埋藏证物
流水抚摸顽石如智者与愚人对话

一块曷石像水牛犁地
稻草人莳秧的神情，仿佛
要把我也莳在铜镜中

[长屿硐天]

有了波涛石头就有了脚
狮子、貔貅，一切祥瑞之兽
越过大海，奔赴皇家园林
奔赴寺院庙宇
一座山就这样走空了
只剩下葳蕤的皮囊

相信古人有智慧也有勇气
但怀疑铁钎和锤子的秩序性
我更愿意相信绿色蜈蚣来自天外
进化为植物，冒领了爬山虎的名字
石头的灵魂在火焰中复活
只是它们不喜欢绕舌

它们用沉默回应灯光和传说
恐龙、史前鸟、捞月亮的猴子
在观夕硐有着不同的志向
就像我也一直想要做好水中的那条鲤鱼
在雪花落满头顶之前
向着一个虚空努力摆尾

揭开那层薄雾，便是爱情（外一首）

◎李金玉

芦苇，在镜头前晃动
那只《诗经》里的鸟，正啜饮叶片上的露水
一片薄雾漫过，遮住了清晨

我常在梦里，进入这片雾地
变成鸟，去探时间的虚实
芦苇长出茂盛的白
沿河而上
一路标上印记。我们，在这路上
前赴后继

谁能破解这薄雾的秘密呢?
春夏秋冬。河边的风景，白了又白
我对这片白
保持一种纤尘不染的敬意

云的白，辽阔无边
雪的白，咬紧牙关
那时，我正靠近河流，听远处传来的
箫声。白茫茫一片

月光，分离出一寸一寸山水
连着生死

一层薄雾，重于走过的一生
芦花开出轻柔的爱情
在露水中白头

［露 台］

晒过一片云
这里，放过酒杯和一两样小菜
朝霞同黑夜醒来
模仿了谁的醉态。酒杯浅了一些
几声鸟鸣衔着天空的寂静

水汽慢慢凝结
仿佛用去白露的一生
那些晒过的往事，有了凉薄之意

随风而来的种子
是不经挑选的，就像不能被雕琢的人生
在某一处发芽

风霜雨雪，都来过
潮起潮涌。
一杯薄酒，终究抵不住
那些浩荡的寒

窗外的云，有些模糊
一些生命站起，一些生命躺下
在一颗露珠上历险。
这起伏的念头
盖过了夜晚的蝉鸣

乡下遇雨（外一首）

◎黄世海

我回到乡下，没有遇见乡亲
只遇见了一场雨
我便朝着雨落下的反方向疾走
雨也跟着一同疾走

行走在雨中。我的左边，是乌江
重峦叠嶂的大山矗立江的两岸
曾经耕过地的牛漫步在江边
摇摆着尾巴，吃着草
雨滴从它身上滚下，把它的影子
与江里的浪花连在一起

行走在雨中。我的右边，是长江
拔地而起的高楼大厦矗立江的两岸
曾经的土地变成了工业园区
我栖息过的故居成了破碎的砖瓦
与刚刚入驻的钢筋水泥正在磨合

行走在雨中。我受雇于那些避雨的
蓑衣斗篷一个美好的记忆
像江边吃草的牛，又像江边那些
破碎的砖瓦，紧紧包裹着我
那么紧，又那么痛

这是我熟悉的故乡吗？穿过雨中
看见了故乡的热闹与荒芜
而多数人，在这场雨中没有看见
高楼与牛的背影

[柏油路上的红白事]

在乡下一条柏油路上，喜事、丧事
一同前往
红事吹吹打打，白事也吹吹打打

没有曾经的亡者为大，出嫁的新娘下跪
死者先行。而是朝着同一个方向
各自为政，各吹各的调
目的地虽然不同，柏油路上的步速一致

出嫁的抛撒着红花，出殡的抛撒着白花
柏油路上，红花白花交相辉映
在天空中漫天飞舞

出嫁的到了。出殡的停下来
死者的后孙对着新娘说，我们一路出发
也许爷爷一定会转世成你今晚的儿子
新娘笑着回答，我让他一路走好

出殡的继续前行，继续吹吹打打
乡间那条柏油路上
只留下了一眼望不尽的那些撒下的白花

山 野

◎官长剑

山涧有月光流淌
在指尖上生成冰凌花
寂静绽放，只有心中的萧瑟
夜色被撕成了碎片
宽窄犹如一个巴掌，掉在地上
覆盖着寒蝉的鸣叫

时针在寒风中抖动
摇晃出上个世纪的记忆
把黎明拨快一百分钟
想早一点看见蚂蚁抬起花轿
衬托地球的另一个背景

月亮躲进了睡袋，半睁着眼
山野的意境有些涂鸦
在眼角处生成壁画

冬季的凛冽行走在山坳
摩擦着银杏树的干枯与倔强
一只乌鸫不知来路
飞来飞去，寻找
一个看不见的巢
或有，或无，已经过去
季节的傲慢，时光也冰碎
小草跪下舔着伤口
血的腥味在风中摇曳

守山人，是山岭的倒影
把自己写成故事
标点符号，成为刻度
每一段都是绝句
酒和知己

记忆中的长涂岛（外一首）

◎程立龙

海中间的一条河
把长涂岛切割成两块
大的不大，小的不小
都在海的怀里

河面广阔安详
一根根桅杆连着海天
多少渔舟唱晚
都是河里的故事

灯塔在河的两端把守
拦下奔涌与澎湃
让海水在河的守则里流淌

无论海上掀起多少滔天巨浪
海里的河
总能一如既往的安静

是河的形状绑着海水的激情
还是海水心甘情愿地做一条河流
被分在两岸的岛
一定有话要说

[在九月的结尾处]

九月有多少文字
包括多少章节
没细数
只是结尾处
挂着月牙似的逗号

山是一章水是一章
雷和电是一章
风吹过的田野也是一章
那些密匝匝的文字
九月装不下

桂花稻花米兰花
花香溢出九月的文本
枫叶的红袖
早已舞向十月

月亮和太阳叠加的圆
像一个加固的句号
锁住九月的尾声
却无法拦住奔向十月的锦绣

美子
风逸
Traditional Poetry
Cao
Tang

李心观诗选

◎李心观

[故乡大雪]

新城春雨落，故地雪纷飞。
遥望群山白，劳劳独北归。

[寒 梅]

雪霁日初照，寒梅次第开。
暗香轻拂动，非为蝶蜂来。

[翠湖归晚]

关山一望遥，烟锁玉仙桥。
酒醒知何处？松声起晚潮。

[闲 居]

东风昨夜过横塘，吹尽堂前树上霜。
深巷年来尘事少，开门满院蜡梅香。

[赏 梅]

老树千年藏酒家，紫烟初日寺边斜。
蓬桥转踏香无限，更看寒梅十里花。

[山 行]

明月蛙歌人正慵，清风扶帽更从容。
今来俗事休相问，意在云山再一重。

罗云轩诗词选

◎罗云轩

[立 夏]

池面叠荷钱，因时取自然。
已经红渐少，便值绿频添。
深苇停沙鹭，浅津浮木船。
但乘余兴在，寂处听幽弦。

[春夜杂吟]

当帘风送暗香来，愿惜花间酒满杯。
夜到无声添寂寞，诗逢有月醉徘徊。
千丝莫绕心情乱，一处同瞻云锦堆。
但取逍遥追古意，乘春宜步更高台。

[浣溪沙]

露色新沾草木芽，村溪流水绕人家，墙头轻放李桃花。　陌上莺声如柳细，塘间云影任风斜，女儿微笑试裙纱。

[浣溪沙]

拂去微尘镜有光，晨天净净慕春阳，小庭清坐独思量。　颜色几输杨柳嫩，情怀不辨海棠香，莫如莺燕过匆忙。

[卜算子]

昨日爱花开，今夜愁花落。若问无情或有情，怕是人心错。　莫道旧恩深，自是恩情薄。惊醒一帘幽梦时，早误当时约。

郭定乾诗选

◎郭定乾

[与两川诗友同游杪椤湖]

舟行半日觅清欢，两岸春山秀可餐。
迎面疏花同笑乐，躬身密竹报平安。
沧波待我三千载，雪浪煽情十二滩。
激起诗人飞逸兴，高歌响彻碧云端。

[冬日游毕棚沟]

崇峦叠海锁风烟，不负轻车四百旋。
老木寒崖分夕照，白云苍雪接青天。
三千米上留踪迹，十万松间漱瀑泉。
诗圣诗仙不到处，看余高咏步虚篇。

[春暮辟园]

十日辛勤费汗珠，挥刀运镢理荒芜。
春深犹种四君子，地窄难容五大夫。
遥想醉中花影漫，好邀天上月轮孤。
从今不受虚名役，归去来兮复故吾。

[太白祠撞钟]

诗仙祠里罢豪吟，敛尽门前弄斧心。
只向铜钟留一撞，西风残照满唐音。

[偕画友蟠龙谷写生]

蟠龙幽谷好烟霞，春日来游景愈嘉。
险磴漫支筇竹杖，荒岩时见杜鹃花。
情随飞瀑添豪逸，心似闲云出岭丫。
为学范宽师造化，丹青写就向谁夸！